世界のすごいお葬式

ケイトリン・ドーティ　池田真紀子 訳

FROM HERE TO ETERNITY

TRAVELLING THE WORLD TO FIND THE GOOD DEATH

CAITLIN DOUGHTY & MAKIKO IKEDA

新潮社

父と母に――
そして変わり者の子供を変わり者のままでいさせてくれる、世界中のすべての親に

おとなになっても死の不安にさいなまれる人々は、奇妙な病にかかった変わり者というわけではない。何人《なんぴと》も死から逃れられないという現実の冷たさから身を守るための衣服を家庭や文化から与えられなかっただけの、ふつうの人々である。

――アーヴィン・ヤーロム（精神科医）

世界のすごいお葬式

目次

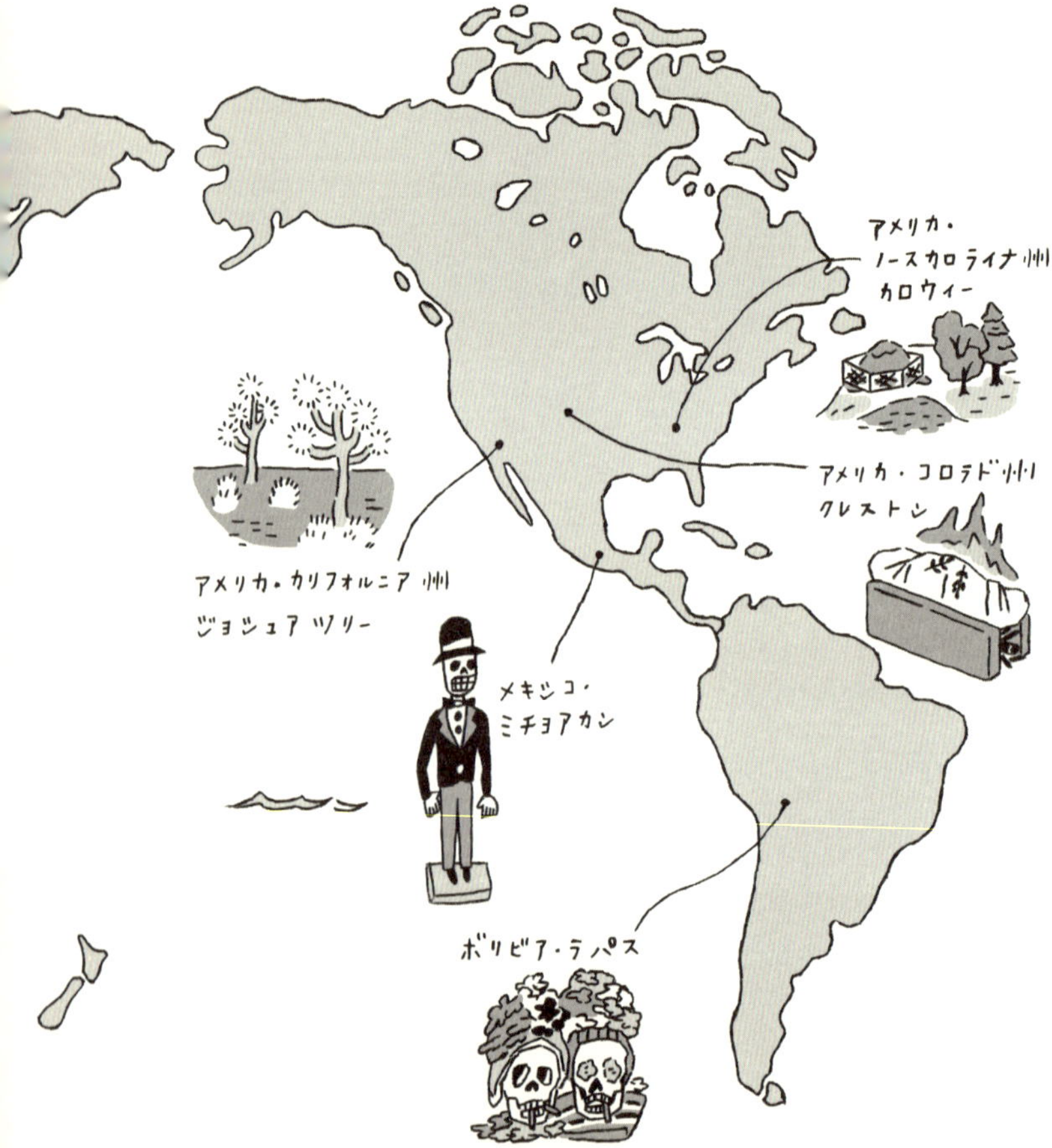
アメリカ・
ノースカロライナ州
カロウィー
アメリカ・コロラド州
クレストン
アメリカ・カリフォルニア州
ジョシュアツリー
メキシコ・
ミチョアカン
ボリビア・ラパス

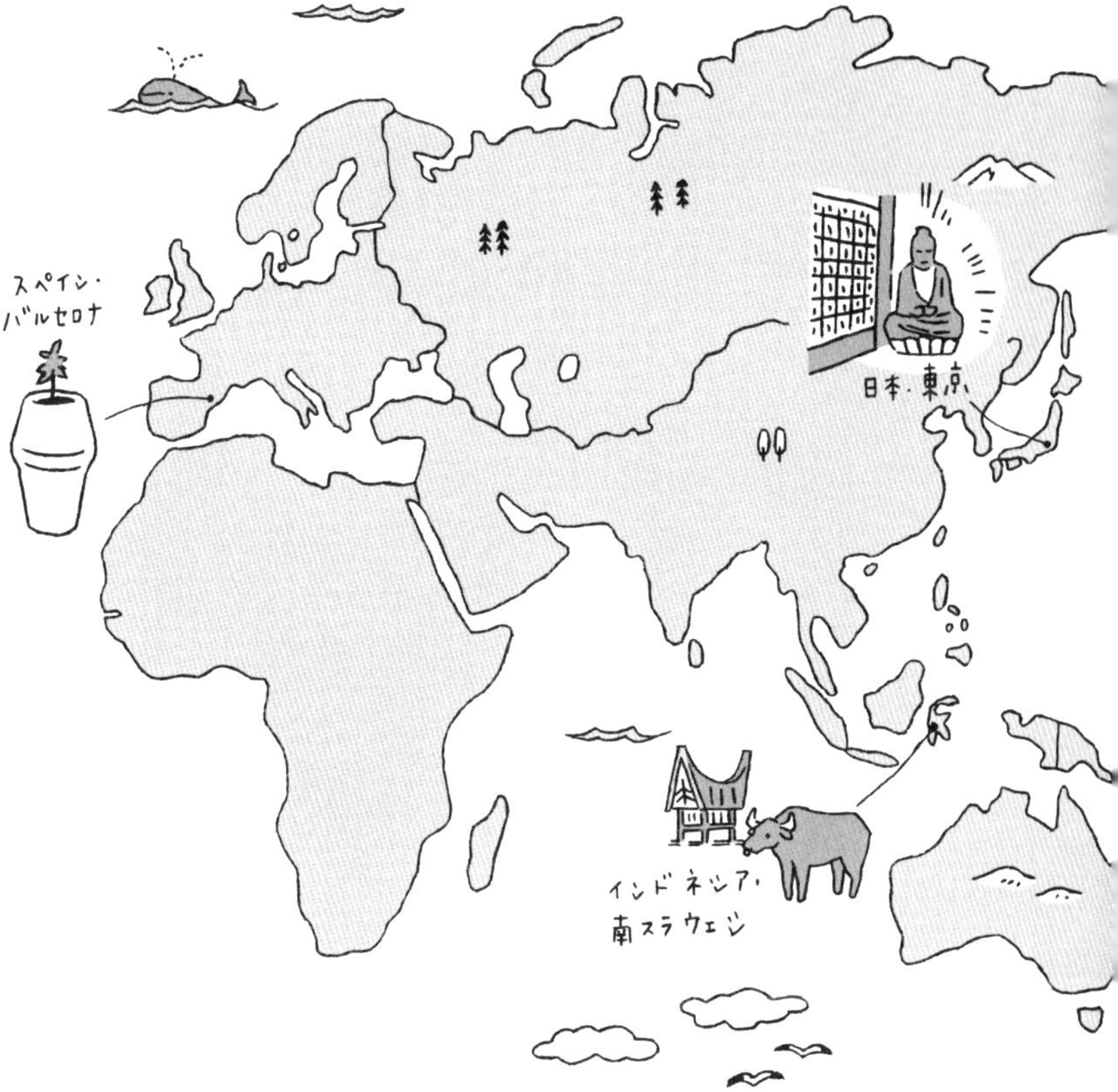
スペイン・
バルセロナ
日本・東京
インドネシア・
南スラウェシ

はじめに

電話が鳴って、鼓動が加速した。

葬儀社を興して数カ月、電話が鳴るたびに手に汗を握った。電話はたまにしか鳴らなかった。「どうしよう……だってだって、誰か死んだんだったら？」私は喉から絞り出すような声で言った（ええ、おっしゃるとおり、うちは葬儀社ですから、電話が鳴るのはきっと誰かが死んだからだろうけれど）。

電話の主はホスピスの看護師だった。一〇分ほど前にジョセフィーヌという女性が亡くなったという。遺体はまだぬくもりを残している。看護師は、遺体が横たわったベッドの傍らでジョセフィーヌの娘さんと議論をしていた。娘さんは私の葬儀社を選んで連絡しようとした。息を引き取るなり、お母さんをさらわれてしまうようなことを避けたかったからだ。マ

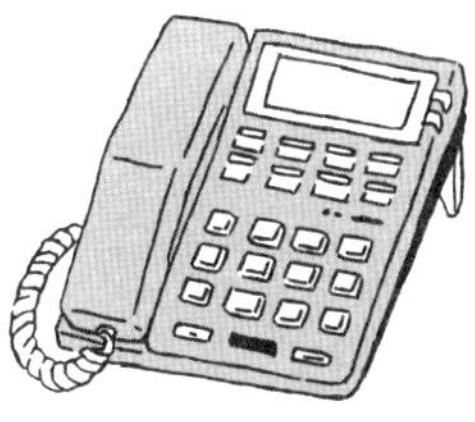

マの遺体をぜひ自宅に安置したい。

「そんなこと、許されるの？」

「もちろんです」私は答えた。「許されるどころか、うちではご自宅での安置をお勧めしています」

「それって法律に違反していない？」看護師はいぶかしげだった。

「違反していません」

「葬儀社に電話したら、ふつうは一時間以内に引き取りに来るものだけど」

「遺体をどうするか決めるのは娘さんであって、そちらのホスピスではありません。病院や老人ホームではないし、もちろん葬儀社でもありません」

「そう、わかったわ。そこまで言うなら」

「本当のことですから」私は言った。「ジョセフィーヌの娘さんに、今日の夕方にでも電話をくださいと伝えていただけますか。明日の朝でもかまいません。落ち着いたところで連絡してください」

その日の午後八時、亡くなって六時間後に、私たちはジョセフィーヌを迎えに行った。翌日、娘さんが携帯電話で撮影したという動画が送られてきた。それは長さ三〇秒ほどの動画で、ベッドに横たえられたジョセフィーヌは、お気に入りだったというセーターとスカーフで身支度をしていた。ベッド脇のドレッサーの上でキャンドルの炎が揺らめき、遺体はたくさんの花びらを衣のようにまとっていた。

粒子の粗い映像ではあったけれど、ジョセフィーヌが晴れやかな表情で最期の夜を迎えようとしている様子がしっかりと見て取れた。娘さんは努力の成果を心から誇りに思っていた。お母さんにはいつも面倒を見てもらってきた。今度は自分がお母さんの面倒を見る番だ。

葬儀業界には、私の会社の方針を是としない人もいる。遺体衛生保全処置《エンバーミング》を施していない遺体は衛生上の危険があり（これは誤り）、免許を受けたプロフェッショナル以外は手を触れるべきではない（これも誤り）と思いこんでいる人もいる。保守派は、改革志向を持つ若い世代が〝葬儀業をしゃれたお遊びに仕立て上げようとしている〟と決めつけ、〝葬儀はやがてサーカスじみた見世物になるのではないか〟と危惧している。こんな風に宣言したベテランもいる。「エンバーミングさえしていない遺体を三日も自宅に放置して、それを〝葬儀サービス〟などと呼ぶ時代が来たら、私は廃業する！」

私が住むアメリカでは、〝死〟は二〇世紀初めごろから一大産業に成長した。それからわずか一〇〇年で、人々はそれ以前の葬儀のありよう――家族や地域のコミュニティが主体となって行う儀式であること――をすっかり忘れてしまった。いまが一九世紀だったら、母親であるジョセフィーヌの遺体の支度を娘さんが自分で調《ととの》えることに疑問を持つ人はいなかっただろう。それどころか、自分でやらないほうが奇妙に思われたはずだ。妻が夫の遺体を洗い清めて服を着せたり、父親が手製の棺に息子の遺体を納めて墓地まで運んだりするのを誰も不思議に思わなかった。ところが驚くほど短いあいだに、アメリカの葬儀ビジネスは、世界のどの国と比べてもより高額で、より商業的で、より画一的なものに変わった。これだけは世界の誰にも負けないと胸を張れる要素がアメリカの葬儀業界にあるとするなら、悲しみに暮れる遺族を故人と隔離することだろう。

五年前、私の葬儀社（と、この本）がまだ私の瞳に宿る希望のきらめきでしかなかったころ、カリブ海に面した中米の国ベリーズの人里離れたラグーン近くにコテージを借りてしばらく滞在したことがある。そのころの私は、火葬技師と遺体搬送ドライバーを兼任するという華麗な生活を送っていた。だから、まずはとびきり賃料の安いコテージであることが一番の条件だった。携帯の電波は届かず、Ｗｉ－Ｆｉもなかった。そのラグーンは一番近い町から一五キロメートルくらい離れていて、しかも四駆自動車でなければ走破できないような道のりだった。車で迎えに来たのは、コテージの管理人でもある三〇歳のベリーズ人男性、ルシアーノだ。

ルシアーノはどこへ行くにも、忠実だけれど痩せ気味の犬たちを自分の影のように引き連れていた。コテージの借り手がいないときは、ベリーズの密林に分け入って何日も過ごす。ビーチサンダルを履き、片手にマチェーテ（鉈）を持ち、そしてもちろん犬たちを従えて。シカやバク、アルマジロを狩り、息の根を止め、皮を剝《は》ぎ、心臓を取り出して食料とする。

ルシアーノから、どんな仕事をしているのかと訊かれた。火葬場で死者を扱う仕事と答えると、ハンモックに寝そべっていたルシアーノはがばと起き上がった。

「焼くってことか？　人をバーベキューにする仕事なのか？」

〝バーベキュー〟か……と少し考えてから、私は答えた。

「火葬炉はもっと熱いの。一〇〇〇度以上になるから、〝バーベキュー〟の段階は一瞬で超えちゃう。でもまあ、丸焼きという意味では同じかも」

ルシアーノが暮らす社会では、誰かが死ぬと、家族は遺体を自宅に安置して丸一日付き添う。ベリーズは多民族国家で、西インド諸島と南アメリカの二つの文化から影響を受けている。公用語は英語だ。ルシアーノは自分のことをメスティーソ——先住のマヤ族とスペイン人入植者の子孫と説明した。

ルシアーノのおじいさんは、地域の死者の付添人だった。簡単に言えば、家族が死者の支度を調えるのを手伝う人だ。連絡を受けて行ったときにはもう死後硬直が始まっており、筋肉がこちこちに固まっていて、服を替えたり体を洗ったりするのも一苦労という例も少なくなかった。ルシアーノによれば、そういうとき、おじいさんは遺体に話しかけていたという。

「なあ、誰だって見栄《みば》えよく天国に行きたいよな。そうやっていつまでも意地を張っていると、晴れ着を着せてやれないぞ」

「死後硬直を解いてくれって死人を説得するわけ？」私は尋ねた。

「同時にラム酒をちょいとすりこんでやらなくちゃならないこともあった。けど、そうだな、うちのじいちゃんはひたすら話しかけてたよ」ルシアーノはそう答えた。

説得を通じてリラックスしてもらったところで遺体をうつ伏せにし、排泄物や、腐敗で生じたガスを押し出した。赤ちゃんにゲップをさせるのに似ている――ゲップをされる前にさせておくのだ。

「アメリカじゃ、あんたも似たようなことをやるのか?」ルシアーノはラグーンを見つめながら言った。

もちろんベリーズでも、大都市にはアメリカ式のビジネスモデルを取り入れた葬儀会社があって、高額なマホガニーの棺や大理石の墓石を遺族にセールスする。同じ近代化の動きは病院にも見られ、遺族が望もうと望むまいと、かならず解剖が行われるという。ルシアーノのおばあさんは、体を切り開かれるのはいやだと生前に意思表示していた。

「だから、病院から盗んだよ」ルシアーノは言った。

「え、いま何て?」

聞き間違いではなかった。ルシアーノの家族は、おばあさんの遺体を病院から盗んだ。シーツでくるんだだけの状態でさらったのだ。

「だからって病院には何もできないからな」

友人がラグーンで溺れて死んだときにも似たようなことがあった。ルシアーノは友人の事故を当局にあえて知らせずにおいた。

「死んだものは死んだんだ。警察や何かに連絡したところで、生き返るわけじゃない」

自分が死んだら、地面に穴を掘って木の葉を敷き詰め、そこに動物の皮でくるんで埋めてもらいたいとルシアーノは言う。動物の皮の埋葬布を自分でいまからデザインしておこうと考えている。

〝常日頃から〟友人たちと死について話をしたりもするらしい。「おい、おまえは死んだらどうしてもらいたい？」互いにそう尋ねるのだ。

ルシアーノからこう尋ねられた。「あんたの国でもふつうに訊くことだろ？」

返事に困った。アメリカ人は、人前でその種の話はしない。

葬儀ビジネスに携わっていて何より不思議に思うのは、アメリカ文化はなぜ死についてこれほど臆病なのかということ。なぜ死の話題を避けるのか、死んだらどうしてもらいたいか、尋ねることに抵抗を感じるのはどうしてなのか。逃げていても決して自分のためにはならない。かならずやってくる終わりについて話し合うことを避けていると、結果、金銭的な負担は増し、死を悼むゆとりは奪われる。

ほかの文化では死がどう扱われているのか、現地に行って自分の目で確かめられたら、死に〝対処する〟方法、死を理解する方法は一種類だけではないし、あらかじめ用意されているものでもないことをきちんと説明できるのではないか。私はそんな風に考えるようになった。そこで数年をかけて世界中を旅し、各国の葬送の儀式を見て回った――オーストラリア、イギリス、ドイツ、スペイン、イタリア、インドネシア、メキシコ、ボリビア、日本、そしてアメリカ国内の各地。インドの火葬場やガーナのポップアートみたいな棺桶から学べることはたくさんある。けれど、同じように学べることはたくさんあっても、一般にはあまり知られていない物語を持つ土地をあえて訪問先に選んだ。私が見てきたものが、あなたの地域のコミュニティが価値と伝統を見直すきっかけになれば何よりだ。葬儀社を経営する者として、価値と伝統の再生は大きな意義を持つ。でもそれ以上に、娘として、友人として、とても大切なことと感じている。

ギリシャの歴史家ヘロドトスが二〇〇〇年以上前に残した著作に、別の文化における葬送の儀式を知って驚愕する人々を描写した人類史上初の記述がある。ペルシア帝国の王があるときギリシャ人を呼び集めた。火葬の伝統を持つ彼らを前に、王はこう尋ねる。「いったいいくら払ったら、この者たちに死んだ父親の死体を食べさせることができるだろうか」ギリシャ人はその問いに動揺し、どんな褒美を約束されようと人肉を食うことはしないと答えた。王は次に、死者の肉を食べる伝統を持つカラティア族を集めた。「いったいいくら与えたら、この者たちに死んだ父親を火葬させることができるだろうか」カラティア族は〝そのようなおぞましい話〟を二度と聞かせないでくれと懇願した。

こういった態度——別の文化の葬送形態に対する嫌悪——は、数千年の時を超えて生き延びている。現代の葬儀社のすぐそばを通ったことが一度でもあれば、一九世紀のイギリス首相ウィリアム・グラッドストンの名言とされる次のような一節を彼らがこよなく愛していることをきっと知っているだろう。

その国で死者がどのように扱われているか話してくれたまえ。そうしたら私は、その国の人々の慈悲の深さ、遵法心の高さ、崇高な理想への献身の度合いを、数学的な正確さで言い当ててみせよう。

葬儀社はこの文章を銘板に刻んで壁に飾ったり、『アメージング・グレース』のBGMつきウェブサイトの目立つ位置に、アメリカ国旗のGIF画像と並べていたりする。残念ながらグラッドストンは、〝数学的な正確さ〟を約束してはいるものの、たとえばある葬送の風習が野蛮度七九・九パーセントであり、また別の風習は洗練度六二・四パーセントであると算出できるような公式を残してはいない。

（それどころかグラッドストンはそもそもこんなことは言っていない可能性すらある。この〝名言〟が初めて掲載されたのは、『アメリカン・セメタリー』一九三八年三月号。グラッドストンの言葉ではないという証明はできないけれど、グラッドストン研究で有名な学者は、自分はこの引用に別の場所で遭遇したことは一度もないと言っていた。百歩譲っても「たしかにグラッドス

トンがいかにも言いそうなこと」がせいいっぱいだそう）

異文化における葬送の儀式の意義を頭では理解できたとしても、固定観念が邪魔をして、心情的に受け入れられない場合も少なくない。一六三六年、二〇〇〇人の北米先住民族ウェンダット族が現在のカナダのヒューロン湖岸にある共同の納骨場に集まった。穴は深さ二メートル、直径八メートルほどで、七〇〇人分の骨を埋葬できる大きさがあった。

この墓は死者の最初の行き先ではなかった。新鮮な死体はまず、ビーバー皮のローブでくるまれ、木材を組んで作った高さ三メートルのやぐらに安置される。ざっと一〇年に一度、各地に散ったヒューロン＝ウェンダット族が一堂に会し、安置してあった遺骨を共同の納骨場に移して葬る。この儀式は死者の饗宴として知られている。儀式の始まりにやぐらから遺体が下ろされ、家族内の女性たちが主体となって、残っている肉をそいで遺骨をきれいにする。

この作業が簡単にすむかどうかは、亡くなってからどれくらい時間がたったかによる。腐敗が進み、干からびて紙のように薄くなった皮膚だけが骨に張りついている死体もあれば、保存状態がよく、なかばミイラ化した死体もあって、後者の場合、乾いた肉を筋状に剝がして焼かなくてはならない。一番の難物は、亡くなって間もないもの――まだウジ虫が群がっているような死体だった。

フランス生まれのカトリック宣教師、ジャン・ド・ブレブフは、この遺骨クリーニングの現場に立ち会い、そこで見たものを記録に残した。ブレブフは恐怖におののくようなことはしなかった。遺族が愛情をこめて死体を扱う様子に深い畏敬の念を抱いたのだろうと、その書きぶりから感じ取れる。ある家族が包みを開くと、死体は腐乱していた。しかし家族はひるむことなく遺骨から肉をそぎ落とし、新しいビーバー皮のローブでくるみ直した。ブレブフは「この気高き手本からキリスト教徒が学べることもあるのではないか」と問いかけている。納骨場に移動して行われた儀式についても、同じ敬意を表した。死体が砂と樹皮で埋められていく様子について、「このような鎮魂の行為」は「心が鼓舞される光景」であると記した。

穴の縁に立って見守っていたそのとき、ブレブフはウェンダット族の葬送の儀式に心を動かされたに違いない。しかし感動したからといって、ブレブフが情熱を注ぐ最終目標——古い風習や儀式を一つ残らず排除し、代わりにキリスト教の儀式を受け入れさせて、「愚かで無能な」ウェンダット族を「尊敬に値する」人々にすること——が変わることはなかった。

付け加えれば、カナダの先住民族も、宣教師であるド・ブレブフが持ちこんだ新しい習慣を抵抗なく受け入れたわけではない。歴史研究家のエリック・シーマンによれば、北米先住民族とヨーロッパ人は互いに相手の風習を「背筋が凍るようなおぞましい行為」と見た。フランスからやってきた宣教師たちは、カトリックでは聖体拝領と称して血と肉（それも自分たちが信仰する神の血と肉）を食べると得意げに語った。ウェンダット族にしてみれば、宣教師が崇高な目的を持って訪れているとは信じがたかっただろう。

死にまつわる儀式のほとんどは宗教に由来するものであるため、人は他者の習慣を蔑視しがちになる。ジェームズ・W・フレーザーは、いまからほんの数十年前、一九六五年の著作『火葬――キリスト教になじむか』(ネタバレ:なじまない)で、火葬は「野蛮な行為」であり「犯罪を幇助するもの」であると書いた。まっとうなキリスト教徒であれば、「友人の死体が牛肉のローストのごとくオーブンに放りこまれ、焼けて脂が溶け出し、肉がじゅうじゅうと音を立てると想像しただけで嫌悪を催すだろう」。

いまの私は、葬送の風習の価値は数字で測るもの(たとえば〝二六・七パーセント野蛮な行為〟であるとか)ではないと知っている。それはあくまでも感情を用いて測られるものなのだ――自分が属する文化こそ、ほかの何より崇高であるという確信によって。言い換えるなら、人が他者の葬送形態を野蛮と見なすのは、それが自分たちの慣習と異なっているときだけなのだ。


ベリーズ滞在最終日、ルシアーノが祖父母(病院から盗み出したおばあちゃん含む)の眠っている墓地に案内してくれた。地上に設けられたコンクリートの小さな骨堂がたくさん並んでいた。よく手入れされているものもあれば、すっかり荒れてしまっているものもあった。地面から引き抜かれた十字架が一つ、女性もののパンティを穿《は》かされた状態で雑草のなかに転がっていた。別のお墓二つには、黒いスプレー塗料で〈ガザ・アース〉、〈人類よ懺悔せよ〉という雑な落書きがされていた。

墓地の奥の木陰に、ほかの墓と似たコンクリート製の骨堂があって、そこにルシアーノの祖父母の棺が重ねて安置されていた。

「ばあちゃんは、コンクリートの墓なんかいやだって言ってた。地面に掘った穴に埋めてくれればそれでいい、そこで土に還《かえ》りたいって言ってた。けど、そうは言ってもな……」

ルシアーノは骨堂のてっぺんに積もった枯れ葉を優しく払い落とした。

私の心に強い印象を残したのは、ルシアーノがおばあちゃんの死にまつわるすべての工程に参加した事実だった。病院から遺体を盗み出すところから始まり、家族みんなでラム酒を飲み、おばあちゃんが好きだったランチェラ・ミュージックを聴きながらお通夜を営み、そのあと何年ものあいだお墓の手入れを続けている。

欧米の葬儀業界では対照的に、誰かが死ぬたび、遺族は故意にわかりにくく作られているかのような段取りを踏まなくてはならない。エンバーミング処置でどんな化学薬品が亡きお母さんの体に注入されるのか（答え：ホルムアルデヒド、メタノール、エタノール、フェノールの混合液）、あるいは霊園で価格三〇〇〇ドル也のステンレス製の覆いの箱を購入しなくてはならないのはなぜか（答え：霊園の管理スタッフの芝刈り作業を楽にするため）、説明できる人はほとんどいないだろう。二〇一七年にラジオネットワークNPRが行った調査によると、葬儀社の料金プランは「わかりにくく複雑で、悲嘆と経済的負担の心理的プレッシャーのもとで決断を迫られる平均的な消費者には理解できないように作られているかに思える」。

私たちは西洋の葬儀業界を改革し、現状ほど利益優先ではない仕組み、遺族の参加を促すような仕組みを導入していく必要がある。しかし、小さなジャン・ド・ブレブフのように、自分たちのやり方だけが正しく、〝ほかの人々〟のやり方はどれも敬意を欠いて野蛮であるという誤った信念を持ち続けているかぎり、改革はおろか、現在の葬送システムに疑問を抱くことさえできないだろう。

そのような他者を否定する態度に、思いがけない場面で遭遇することがある。世界最大の旅行ガイドブック出版社ロンリープラネットは、バリ島のガイドブックで、のどかな村トルニャンの風葬を紹介している。トルニャン村では死者を竹の籠に納め、自然に朽ちるのを待って、頭蓋骨と骨だけを緑に囲まれた墓所に移す。ロンリープラネットのガイドブックは、古くから守られているこの風習の背景にある意味を説明せず、ただ「まがまがしい光景はパス」するのが賢明とアドバイスしている。

カラティア族のように、最愛のお父さんの肉を食すのは万人に勧められることではないかもしれない。私にもちょっと無理だ。だって、ベジタリアンだから（というのは冗談だからね、パパ）。それでも、欧米の葬送形態は優れていて、ほかの文化のそれはどれも劣っているという主張は、明らかに間違っている。それに、葬儀まわりのいっさいが企業化され商業化されている現状を思うと、死者との物理的・心理的な距離感、死にまつわる風習という点で、私たちアメリカ人は世界に後れをとっている。

ただし、よいニュースもある。いままでどおりの距離感、いままでどおりの抵抗感を保ち続けなくてはならない理由はどこにもない。問題を解決する第一歩は、死者のいる場所に足を運ぶこと、死者に寄り添って積極的に関わることだ。東京やバルセロナのような現代的な大都市で、死者の安置された場所に集まり、死者に寄り添って時間を過ごし、火葬まで見届ける家族を、私は数え切れないほど見た。メキシコでは、何年も前に亡くなった人を墓地に訪ね、供え物をして、一人ひとりの記憶が失われないようにしている家族を見た。

この本で紹介する風習は、きっとあなたの国や文化の風習とはだいぶ違っているだろうけれど、その違いにこそ価値を見いだしてもらえたらと願っている。もしかしたらあなたは、死について考えただけで心の底から恐怖と不安を感じるタイプの人なのかもしれない。それでもあなたは、この本を手に取り、こうしてページを開いている。そう、あなたは死者のいる場に足を運んだのだ——これから紹介する人たちと同じように。

アメリカ・コロラド州クレストン

住民参加の野外火葬

そのメールは、八月のある日の午後、届いた。

ケイトリン
私たちのコミュニティの大切なメンバーの一人、ローラが今朝早く亡くなりました。心臓の病歴があって、七五歳の誕生日を迎えたばかりでした。あなたがいまどこにいるかわからないけれど、もし火葬にいらっしゃれるなら、歓迎します。

ステファニー

ローラの死は突然だった。日曜の晩には、地元で開かれた音楽フェスティバルで元気に踊っていた。ところが月曜の朝、キッチンで倒れて亡くなっているところを発見された。そして木曜の朝、家族が集まって火葬が行われる。私もそれに参加させてもらうことになった。

火葬は午前七時きっかり、地平線に太陽が顔を出して空が青く輝くころに始まる。午前六時半を過ぎると、参列者が続々集まった。ローラの息子さんが運転するピックアップトラックが珊瑚色の布でくるまれた遺体を運んできた。ローラの愛馬べべも参列するという話だったが、大勢の人や炎がストレスになるのではという懸念から、直前に取りやめになった。馬のべべは「残念ながら参列できない」と参列者に伝えられた。

遺族がピックアップトラックから遺体を下ろし、布張りのストレッチャーに乗せて、オオハンゴンソウが咲き乱れる野原を横切り、なだらかな斜面を登って野外火葬場へと運んだ。銅鑼の音が一つ、空に響き渡る。私が駐車場から砂の小道をたどって火葬場に向かうと、優しい笑みを浮かべたボランティアの一人が切ったばかりのジュニパーの大きな枝を差し出した。

コロラドの果てしない空の下、ローラの遺体は、白くなめらかなコンクリートの板を平行に立てた上に渡した鉄格子に横たえられた。この野外火葬炉が空っぽのところならすでに二度見学していたが、実際に遺体が横たえられてみると、厳粛な用途がこれまでにないほどくっきりと浮かび上がって見える気がした。参列者が一人ずつ進み出てジュニパーの枝をローラの遺体の上に載せていく。私はためらった。ただ一人、生前のローラと面識がなかったからだ。葬送の場にふさわしい気後れとでも言うべきか。いつまでも枝を抱き締めているわけにもいかず（白々しい）、かといってバックパックに押しこむこともできない（いやみな感じ）。そこでおずおずと歩み出て、布にくるまれた遺体の上に枝を置いた。

遺体は、火をつけると勢いよく燃えるマツとトウヒの丸太の上に安置されていた。それを囲むようにローラの家族――八歳か九歳くらいの男の子もいた――が集まった。ローラのパートナーと成人した息子さんがそれぞれ火のついたたいまつを掲げて待機していた。地平線から朝日が顔をのぞかせたのを合図に、二人が同時に進み出て薪に火をつけた。ローラの遺体が炎に包まれ、白い煙のミニサイクロンが渦を巻いて高く立ち上り、白み始めた空へと消えていった。

漂う香りは、エドワード・アビーの著作の一節を想起させた。

炎。ジュニパーが燃える香りは、地球上の何より甘美な芳香ではなかろうか。ダンテの楽園にある香炉を残らず集めたところで、これほど素晴らしい香りはしないだろう。ジュニパーの煙は、雨が通り過ぎたあとヤマヨモギから立ち上る香りと似て、魅惑的な作用を引き起こす。ある種の音楽のよう、アメリカ西部の広がり、明るさ、潔さ、刺すような近寄りがたさのように。炎が永遠に燃えつづけんことを。

煙の渦は数分のうちに消え、代わって赤く輝く炎が翻《ひるがえ》った。火は勢いを増し、二メートル近い高さまで届いた。火葬壇を囲む総勢一三〇名の参列者は無言でそれを見守った。聞こえるのは薪がはぜる音だけで、静寂のなか、ローラの記憶が一つ、また一つと天に昇っていくかに思えた。

コロラド州のちっぽけな町クレストンで行われているような形式の火葬は、数万年の歴史を持っている。たとえば古代のギリシャ、ローマ、インドで、肉を消し去り、魂を解放するのに、炎というささやかな魔術を利用していたことが知られている。しかし火葬そのものの歴史は、それよりさらに古い。

一九六〇年代終わりごろのオーストラリア奥地で、火葬された成人女性の骨を若い地質学者が発見した。古くても二万年くらい前のものだろうと学者は見当をつけた。ところが、その後の調査で、実際には四万二〇〇〇年前のものと判明した。アボリジニの人々がオーストラリア大陸にやってきたのは二万二〇〇〇年前ごろとされるから、それよりもさらに前の時代ということになる。そのころは緑の平原を巨大生物（カンガルー、ウォンバットなどや、いまでは考えられないサイズの齧歯類《げっし》）が闊歩していただろう。女性は魚や木の実、巨大エミューの卵を食料として集めた。現在ではマンゴ・レディとして知られるその女性の骨は、火葬後に砕かれ、もう一度火葬されていた。骨はしきたりとして代赭石《たいしゃせき》（赤色の軟らかい土状の赤鉄鉱）で赤く染められたあと埋葬されて、四万二〇〇〇年のあいだそこで静かに眠っていた。

オーストラリアと言えば（脱線する価値のある話題だから、どうかつきあって）、ローラの火葬が始まって一〇分ほどたったころ、炎を管理する一人がアボリジニの管楽器ディジェリドゥーを用意し、木笛を持っていた別の紳士に合図した。

私は思わず身構えた。だって、アメリカの葬儀にディジェリドゥーなんて場違いもいいところ。でも、すべてを包みこむようなディジェリドゥーの野太い音色と木笛の物悲しい音色の組み合わせは、そこはかとない魔力を持ち、参列者は一様に穏やかな表情で燃えさかる炎をじっと見つめた。

それはありふれた光景のはずだ――アメリカの小さな町、死者を追悼するために野外火葬場に集まった住民たち。ただし、もちろん、それはどこにでもある光景ではない。クレストンは、野外火葬場を持つという意味でアメリカ唯一の町どころか、西洋諸国でたった一つの町だ（正確にはもう一つ、コロラド州北部の仏教施設シャンバラ・マウンテン・センターに、非公開の野外火葬場がある）。

こういった感動的な演出は、クレストンで火葬が行われるようになった当初からあったわけではない。夜明けの葬列やディジェリドゥー、ジュニパーの枝を手際よく配る人々が加わるようになる前は、ステファニーとポール、そして〝移動式火葬壇《ポータ・パイア》〟だけのシンプルな儀式だった。

「〝ポータ・パイアの人たち〟って呼ばれてたわ」ステファニー・ゲインズはさらりと言う。本人によれば、彼女は〝熱狂的仏教徒〟だ。「完全な牡羊座でもあるし」ステファニーはそう続けた。「太陽星座、月星座、アセンダント星座の三つとも牡羊座なの」七二歳のステファニーは経営センスと人柄の魅力、そして真っ白のおかっぱヘアを武器に、クレストンの野外火葬場の運営を取り仕切っている。

ステファニーに負けない魅力的な人物で、強烈なオランダ訛で話すポール・クロッペンバーグは、火葬壇をあえて一つところに固定せず、私有地に仮設置して火葬を行い、郡の横槍が入る前に撤退することを繰り返していた。そうやって七件の火葬をこなしたという。

「外から見えにくいところを探してこそこそ設営したわけさ」ポールが言った。

移動式《ポータ》パイア《ー》はローテクな代物だった。コンクリートブロックを積んだ上に鉄格子を載せるだけ。鉄格子はすさまじい高熱にあぶられて歪み、火葬のたびに大きくたわんだ。「トラックのタイヤで踏みつけて平らに戻さなくてはならなかったわ」ステファニーが言った。「どうかしてるわよね、いまから思えば」楽しげな調子でそう付け加えた。申し訳なさそうな様子はかけらもなかった。

二〇〇六年、二人は火葬壇を恒久的に設置できる場所を探し始めた。田舎町を絵に描いたようなクレストンは理想的だった。コロラド州デンヴァーから南へ車で四時間の距離にあり、人口は一三七人（周辺地域を含めると一四〇〇人）。おかげでクレストンには、自由主義的な雰囲気、〝お役所の言うことなんぞ関係ねえさ〟といった風土がある。マリファナは合法だし、売春宿も合法だ（現に営業中の売春宿があるわけではない。たとえできたとしてもおとがめなしというだけの話）。

クレストンは、多種多様な求道者を引きつける。世界中から大勢がやってきて、ここで瞑想をする。ダライ・ラマも来た。自然食品店のチラシには、気功教室やマインドフルネス講座、〝生まれ持った非凡な才能を目覚めさせる〟と謳《うた》う子供向けキャンプ、北アフリカ風ダンス合宿、〝魅惑の森の聖なるスペース〟と称する何かの広告が載っている。クレストンの住民にはヒッピーやトラスタファリアン（裕福な家庭の出身で、働かずに怠惰な生活を送る若者）もいるが、大部分は根っからの修行者だ。仏教徒、スーフィー、カルメル会修道女。亡くなったローラは、数十年にわたりインドの宗教思想家シュリ・オーロビンドに帰依していた。

クレストンに野外火葬炉を常設しようというポールとステファニーの計画は、予定地の風下の土地の所有者の反対に遭い――「みんなそろって喫煙者なんだな、これが」とポール――廃棄物処理場などの建設計画につきものの「よそでやってくれ」の大合唱が沸き起こった。ステファニー曰く、彼らは「わからず屋」で、山火事、異臭、水銀や粉塵による環境汚染のおそれなしという証拠を示しても、まったく聞く耳を持たなかった。喫煙者である地主たちは、郡の行政委員会や環境保護庁に陳情の手紙を送った。

わからず屋たちと戦うため、〝ポータ・パイアの人たち〟は正攻法を取った。非営利団体クレストン・エンド・オブ・ライフ・プロジェクトを設立したのだ。裁判所に次々と申し立てを行い、四〇〇を超える署名を集め（クレストン周辺の人口のざっと三人に一人が署名した計算になる）、法律書類や科学論文を大型バインダー何冊分も束ねた。クレストンの住人を一人ひとり訪ねて不安に思うことをヒアリングしたりもした。

初めは強い抵抗に遭った。アンチ野外火葬場を唱える男性の一人は、〝隣人を焼く隣人〟の集まりと彼らを呼んだ。ポールとステファニーが（冗談で）町のお祭りの山車《フロート》に資金提供しようと言ったところ、ある一家から、パピエマシェ（張り子細工）の炎を飾ったフロートで練り歩こうなんて「不謹慎もいいところ」と非難された。

「町の人は、野外火葬場ができたら道路が大混雑するかもしれないなんて心配までしてたわよ」ステファニーは言う。「言っておくけどね、クレストンでは車が一度に六台走っていたら〝混雑〟なの」

ポールが説明を加えた。

「いろんなことを言う人がいたよ。〝大気汚染は大丈夫なの？　妙な病気がはやったりしない？　人が死んだだの葬式だのと言われただけで鳥肌が立つ〟住人の不安の声に辛抱強く耳を傾けることが肝心だ」

乗り越えなくてはならない法的問題は数限りなく浮上したが、ポールとステファニーはあきらめなかった。野外火葬場計画は、地域住民の心を動かしたからだ（野外火葬の申し出に飛びつき、ポールとステファニーを呼んで自宅のドライブウェイにコンクリートブロック製のグリルを設置してもらった住民が続出した）。

「人の心に真に響くサービスを提供している人が世の中にどれだけいる？」ステファニーは言った。「共感を得られないサービスなんて、提供する価値がない。私の原動力になったのは、共感なの」

二人はついにポータ・パイアに安住の地を見つけた――幹線道路から数百メートル離れた町外れの一角だ。禅宗のリトリートセンターであるドラゴン・マウンテン・テンプルが土地を寄贈した。二人は火葬場を隠すような細工はいっさいしていない。クレストンの町に向かって車で走っていくと、〈野外火葬場〉と書かれた炎の形をした金属の看板が立っている。近所のジャガイモ農家（検視官でもある）の手作りだというその看板は、わかりやすい道しるべにもなっている。野外火葬炉は砂床の上に設置され、それを囲む竹垣はカリグラフィーのように優雅な弧を描く。ここで五〇人以上の火葬が行われてきた。その五〇人には、（なんとなんと）二人を〝隣人を焼く隣人〟呼ばわりした男性も含まれている。逝去する前に考えが一八〇度変わったのだという。

ローラの火葬が行われる三日前、クレストン・エンド・オブ・ライフ・プロジェクトのボランティアが自宅を訪れ、遺体の支度を調えた。ローラの友人たちと一緒に遺体を洗い清め、腐敗の進行を遅らせるために冷却ブランケットでくるんだ。遺体には天然素材の服を着せた

――ポリエステルのような合成繊維はうまく燃えず、火葬に向かない。

プロジェクトは遺族のふところ事情にかかわらず、必要な物資の調達を手伝う。野外火葬を依頼するかどうかも問わない。クレストン・エンド・オブ・ライフ・プロジェクトのボランティアは、遺族が従来型の（遺体のエンバーミングと）埋葬を選んだ場合でも、少し離れた町にある葬儀場での火葬を選んだ場合でも、遺族をサポートする。そういえばポールは、葬儀場での火葬を〝商業火葬〟と呼んだ。

するとステファニーが横から言った。「ポール、それは従来型の火葬って言うのよ」

「いいえ」私は口をはさんだ。「商業火葬で当を得ているように思います」

クレストンは、葬儀ディレクターを務める私にとって学ぶことの多い場所だ。だから何度も訪れている。でもメランコリーもほんの少しだけあって、そこにはさらに妬みも混じっている。クレストンには広々とした青空の下のすてきな火葬場があるのに、私はといえば、場末の倉庫のような建物に押し隠された、みすぼらしい上にやかましい火葬場に遺族を案内しなくてはならないのだから。あんなにすばらしい火葬施設を利用できるのなら、ディジェリドゥーの奏者がおまけについてきたとしても歓迎する。

工業機械のような炉を使った火葬を最初に導入したのは、一九世紀後半のヨーロッパだった。一八六九年、医療の専門家がイタリアのフィレンツェに集まり、土葬は非衛生的であると訴え、火葬への切り替えを提言した。それとほぼ同じころ、火葬推進運動は海を越えてアメリカにも飛び火した。運動の先頭に立ったのは、オクタヴィウス・B・フロシンガムという仰々しい名の牧師で、死体は〝腐肉の塊〟になるより〝白い灰〟に姿を変えるほうが望ましいと考えていた（私が単調なフォークソングを集めたアルバムを出すことがあったら、「オクタヴィウス・B・フロシンガムの火葬改革」というタイトルにしよう）。

アメリカ初の〝近代的で科学的な〟火葬に付されたのは、ジョセフ・ヘンリー・ルイス・チャールズ・デ・パーム男爵の死体だった（さっきのは取り消し。私のフォークアルバムのタイトルは「デ・パーム男爵の火葬」で決定）。『ニューヨーク・トリビューン』紙が〝死体になって初めて名を知られるようになった男〟と呼んだデ・パーム男爵は、オーストリア生まれの没落貴族で、一八七六年五月に死去した。

デ・パーム男爵の火葬はそれから約半年後の一二月に行われることになった。亡骸《なきがら》にはヒ素が注入されたが、ヒ素だけでは腐敗を防ぐのは無理とわかり、地元の葬儀人は、死体から臓器を取り出した上で皮膚を泥と石炭酸で覆う処置を施した。ニューヨーク州からペンシルヴァニア州（火葬はそこで行われることになっていた）へ列車で搬送されるあいだに、ミイラ化した死体が貨物車から消え、歴史研究家スティーヴン・プロザロ呼ぶところの〝ホラーじみたかくれんぼ〟が繰り広げられた。

初めての火葬に使用された炉は、ペンシルヴァニア州のある医師が所有する敷地内に作られた。内蔵の石炭式の火炉は、炎が死体に触れることなく火葬できるとされていた――発生する熱のみで死体を分解できるはずだった。医師は「これはあくまで科学的、公衆衛生学的な実験である」としたが、それでもデ・パーム男爵の死体にはスパイスがまぶされ、バラ、ヤシの葉、プリムローズ、常緑樹の小枝を敷いた上に安置された。立ち会った人々によれば、死体が火葬炉に入ったとたん、肉の焼ける独特のにおいが広がったが、それはまもなく消えて、代わりに花やスパイスの香りが漂った。一時間後、デ・パーム男爵の死体は炉内でバラ色の水蒸気に包まれて輝き始めた。その輝きは金色に変わり、最終的には透き通った赤色を帯びた。死体は二時間半で燃え尽きて骨と灰になった。見学した記者や評論家は、火葬実験の結果「オーブンに入れられた人間は、時間をかけて無臭のうちに焼き上がった」と報告している。

それ以来、火葬炉は大型化、高速化、効率化の道をひた走った。一五〇年近い歳月が過ぎたいま、火葬の普及度は過去最高に達している（二〇一七年、アメリカ史上初めて、火葬件数が土葬を上回った）。しかし見た目の美しさや関連手続きという観点からは、一五〇年前と基本的に何も変わっていない。最新式の火葬炉も、一八七〇年代に初めて使われた火葬炉と代わり映えしない。あいかわらず、鋼鉄と煉瓦とコンクリートでできた総重量一〇トンの怪物だ。毎月数千ドル分の天然ガスを貪り食い、一酸化炭素、すす、二酸化硫黄、（歯の詰め物に含まれる）毒性がきわめて高い水銀を大気中に撒き散らす。

大都市では、大部分の火葬場が工業地域に追いやられて没個性な倉庫に押しこめられている。私は葬儀業界で九年間働いてきて、延べ三つの火葬場に勤務した。そのうちの一つはすぐ真向かいに『ロサンゼルス・タイムズ』紙の配達倉庫があり、一日二四時間、轟音とともに貨物トラックが出入りしていた。別の一つは〝構造物とシロアリ〟の倉庫（いったい何の倉庫？）の裏で、もう一つはスクラップ工場の廃車置き場のとなりだった。

霊園の敷地内に独立した火葬場が設けられていることもあるが、たいがいは霊園の保守管理棟のなかにある。つまり火葬への立ち会いを希望する会葬者は、ジョン・ディアの芝刈り機や、墓地から回収されたしなびた花輪の山のあいだを縫ってそこまで行かなくてはならない。

なかには〝人生を祝福する施設〟や〝メモリアル火葬場〟を謳う形式の火葬場もある。遺族は空調付きの部屋に案内され、壁にある小さな鉄扉に遺体が吸いこまれていくのをガラスの仕切り越しに見守る。壁の奥に隠された機械は、倉庫のような火葬場にある工業用オーブンと同じだが、〝カーテンの向こうの魔術師〟の姿は遺族から見えない。そうやって隠すことで、遺族は死という現実から、そして資源効率性の低い不格好な機械の現実からいっそう遠ざけられてしまう。ママを〝メモリアル火葬場〟で送る特権には、五〇〇〇ドルを超える値札がついている場合もある。

野外火葬場に切り替えれば、そういった問題はすべて解消すると言いたいわけではない。インドやネパールのように野外火葬が原則とされる地域では毎年数百万件の火葬が行われ、五〇〇〇万本の樹木が焼却され、大量のカーボンエアロゾルが大気中に排出されている。カーボンエアロゾルは、二酸化炭素に次いで気候変動の人為的原因となる物質だ。

しかし、クレストンの野外火葬場は理想にかなり近いと言えそうだ。火葬の改革を目指すインドの人々から、クレストン・エンド・オブ・ライフ・プロジェクトの火葬壇の構造と方式——使用する薪の量と大気汚染物質の放出量を減らすため、地面から高い位置に火葬壇を設けている——を採用したいという問い合わせがこれまで何件も寄せられている。宗教や国民性と密接に結びついた古来の火葬スタイルを刷新できるなら、現代的で無機質な火葬炉だって刷新できるはずだ。

亡くなったローラは長年クレストンで暮らしていたためだろう、火葬当日の朝、クレストンの全住人が火葬場に集まったかのようだった。炎をじっと見つめたまま、息子のジェイソンが口を切った。声がうわずっていた。

「母さん、いつも愛してくれてありがとう。僕らのことはもう心配しないで、自由に空を飛んでくれ」

炎が勢いを増すなか、女性が一人進み出て、一一年前に彼女自身がクレストンに移ってきたときのことを語り始めた。そのころは慢性疾患で何年も苦しんでいたのだという。「クレストンに来て、人生の喜びを取り戻しました。自分を癒やしてくれたのは、雲や、抜けるように青い空だろうと初めは思っていたの。でも本当はローラのおかげだったんだと気づきました」

「人間なんてちっぽけな存在よね」ローラの別の友人の一人はそう言った。「誰にだって欠点や弱点はある。だけどローラには欠点も弱点も見つからなかったわ」

炎はローラをくるむ珊瑚色の布をあっという間に燃やし尽くした。会葬者が語りかけるあいだにも、炎はむき出しになった皮膚や軟組織の層に飛び移った。大量の水分を含む組織は熱で乾燥し、縮んで、蒸発するように消えた。その下から内臓が現れ、今度はそれが炎に降伏した。

初めて見る人にとってはおぞましい光景だろう。しかし、プロジェクトのボランティアは、火葬壇の内側で起きていることが会葬者には見えないよう神経を研ぎ澄ましていた。優雅に的確に動き回っていやな臭いが発生するのを防ぎ、頭部が転がり出たり、焼け焦げた腕が外にはみ出してしまったりすることがないようにした。

「会葬者から遺体を隠すつもりはないの」ステファニーはそう説明した。「でも、町の住民なら誰でも立ち会える火葬が多いから、誰が来るか予想できないし、火葬を見た衝撃がどんな反応を引き起こすかわからない。同じ火葬壇にいつか自分が横たわる姿を想像してしまうのよ」

火葬が進む間、ボランティアは火葬壇の周囲を目立たないように動いて薪を追加していく。

今回の火葬では、三分の一コード分の薪――およそ一・二立方メートルの木が燃やされた。燃えさかる炎はやがてローラの骨まで届いた。最初にあぶられたのは、膝、かかと、顔の骨だった。しばらくあって、ようやく骨盤や腕、脚の骨にも火がついた。骨に含まれる水分が蒸発し、次に有機物質が気化した。白かった骨は灰色に変わり、黒に変わり、ふたたび白に戻る。薪の重みで、ローラの骨は鉄の格子をすり抜けて下の地面に落ちた。

火を管理する一人が長い鉄棒を取って炎に差しこんだ。棒はローラの頭があった空間を貫いたが、骨はすでに焼けて消えていた。

クレストンで行われる火葬に似たものは二つとないと聞いていた。〝火さえつけてくれればそれでいいから〟といったあっさりした火葬のこともあれば、宗教やスピリチュアルな儀式が何時間も続く火葬もある。だいぶ砕けた雰囲気の火葬もあった。テキーラを二リットルとマリファナを一緒に燃やすことを所望した青年の場合がそれだ。「風下にいた人たちはみんな気持ちよく酔っ払っただろうなあ」ボランティアの一人はそう言った。

それでも変わらないものはある。火葬に立ち会った人にもたらされる変化だ。これまでに火葬されたなかで一番若かったのは、わずか二二歳で自動車事故のため亡くなったトラヴィスだ。警察の事故調査書によれば、トラヴィスと同乗していた友人はみなお酒とドラッグで泥酔していて、真っ暗な田舎道を飛ばしすぎた。車は横転し、車外に投げ出されたトラヴィスは、現場で死亡が確認された。クレストンや近隣の町の若者は一人残らず火葬に立ち会った。トラヴィスの遺体が火葬壇に横たえられたとき、母親が遺体を覆っていた布をそっと引き下ろして息子の額にキスをした。父親は、地元住民が見守るなか、事故を起こした車を運転していた友人の顔を両手で包みこむようにして言った。「さあ、こっちを見なさい。私はきみを許すよ」それから薪に火が放たれた。

ローラの火葬が始まって一時間ほど過ぎたころ、それまで参列者の上に垂れこめていた深い悲しみの黒雲がふっと消えた。

最後に進み出た女性は、ほんの九〇分前なら不謹慎と思えるような調子で話し始めた。「いま、全員が同じことを言ったわよね。ローラはすばらしい人だったって。それは否定しないわよ。だけど、私の心のなかのローラはこれからもずっと〝永遠のお転婆娘〟だと思うの。パーティ好きのおばあちゃんね。だからローラに遠吠えを捧げます」

「オオオオオオーーーーーーウ」その女性がオオカミのように吠えると、参列者が次々とそれに加わった。私でさえ――そう、ついさっきまで、ジュニパーの枝を火葬壇に供えるのさえおっかなびっくりだった私も、控えめにひと吠えした。

その朝九時三〇分、火葬場に残っているのは彫刻入りのベンチに座ったステファニーと私(と、ローラの遺体)だけになっていた。火葬壇の燃え残りは薪三本きりで、その火もそろそろ消えようとしている。消防局で借りた赤外線放射温度計で測ると、燃えさしの温度は七〇

○度くらいあった。
火葬の日、最初に来て最後に帰るのは、たいがいステファニーだ。

「この静けさが好きなの」

そのまましばらく身じろぎせずにいたステファニーは、突然また立ち上がった。鉄格子を一つ拾ってしげしげと眺める。「これ、火花が飛び散らないようにってポールが新しく設計し直した格子なのよ。風の強い夜でも灰が飛ばされずにすむはずなの。でも、木のかけらは閉じこめておけるとして、薪から散った火花はどうかしらね」

数分後、ステファニーは電話を耳に当て、火花飛散プロテクターの実験と検査の日程を消防局と相談していた。ステファニーは無尽蔵のエネルギーにあふれていて、長時間ぼんやりしていることができない。この野外火葬場の実現に何年もかかったわけだけれど、ステファニーのどこにそんな根気があったのか、ちょっと不思議なくらいだ。

「地域に受け入れてもらえるのをじっと待つしかないなんて、神経がすり切れかけたわよ。強引に他人を引っ張りこんじゃいたいのを我慢するほうがつらかった」

クレストンで過ごす時間を重ねるにつれて、死や死者との共存という意味でここは理想郷ではないかと思うようになった。クレストン・エンド・オブ・ライフ・プロジェクトは、たびたび住民を招いて懇親会を催し、人生を終えるに当たって必要になる書類を説明している。ステファニーが郵便局に行ったりすると、誰かに呼び止められて「あなたたちがこの町に来てくれて本当によかった。次の懇親会に参加するわ。事前指示書を作っておきたいから」と声をかけられる。クレストンの人々は、誰かが死んだとき何をしたらいいか、考えるまでもなく知っている。故人の自宅を訪ねて遺体の支度を手伝うボランティアの話では、最近は「来てくれてありがとう。でも心配しないで、家族だけでやれるから」と言われることが増えているそうだ。

死体まで、〝田舎町〟感を漂わせている。ある女性は、自分が死んだらクレストンにある（コロラド州初の）自然葬墓地に葬ってほしいと生前に希望していた。その女性が亡くなると、娘たちはラバーメイド社製のプラスチックケースに氷を詰め、そこに遺体を納めてデンヴァーからトラックで運んできた。

「埋葬まで遺体を安置できる場所が見つからなくてね」ステファニーは言う。「そこで町の博物館に一晩、置かせてもらうことにしたの」

娘たちはその計画を歓迎した。「母は熱狂的な歴史マニアだったから、きっと大喜びしたと思います」

自然葬墓地は誰にでも開放されているが、野外火葬場はクレストン周辺の住民でなくては利用できない。クレストン・エンド・オブ・ライフ・プロジェクトにはアメリカ全国から問い合わせが寄せられる。ヒンドゥー教徒、仏教徒、ネイティブアメリカン、自分が死んだらクレストンで火葬にしてもらおうと考えている野外火葬の熱狂的な支持者。しかしクレストン・エンド・オブ・ライフ・プロジェクトは小規模なボランティア団体だ。町外からやってくる死者をさばけるほどの資金や人手はない（たとえあったとしても、クレストン周辺の住民以外の受け入れを町が許可しない）。断る側にも断られる側にも悔いが残る。

これまでの唯一の例外は、ジョージア州からハイキングに来て行方不明になり、大規模な捜索が行われたもののすぐには見つからず、九カ月後にようやく遺体で発見された男性だ。正確には、遺体の一部が発見された。背骨、腰の骨、脚の片方だけ。町は火葬を許可した――彼は〝死後にクレストンに定住した〟という判断だった。

野外火葬は多くの人を惹きつける。なかには野外火葬の資格を得るためだけにクレストンに土地を購入した人までいる。子宮頸ガンで余命を宣告されていたある四二歳の女性は、クレストンに小さな土地を買った。死後、一二歳の娘が自ら遺体の支度を手伝い、荼毘《だび》に付した。

炎に包まれて旅立ちたいという抜きがたい切望は、万国共通のものだ。インドでは、遺族が死者を担いでガンジス川の岸を歩き、野外火葬場まで運ぶ。亡くなったのが父親なら、長男が火葬壇に火を放つ。炎が熱く燃え上がるにつれ、死体の皮膚は泡立ちながら焼け落ちる。ころあいを見計らって木の棒が持ち出され、死体の頭骨を打ち割る。それと同時に死者の魂は解放されると考えられている。

ある男性は、両親の火葬について次のように書いた。

「(頭骨を割る前は)ほんの数時間前までこの人は生きていたのにと思って体が震える。ところが頭骨を割ったとたん、いま目の前で燃えているのは肉体にすぎないと納得する。執着はきれいに消える」

魂は自由に羽ばたくのだ。スピーカーから流れるインドの宗教歌に歌われているように。

「死よ、おまえは我々を打ちのめしたつもりでいるだろう、しかし我々はこうして燃えさかる薪の歌を歌う」

西洋世界で暮らすヒンドゥー教徒であるピットゥ・ラウガーニは、商業的で機械的な火葬を見るのは苦痛だと話す。薪を積み上げた火葬壇に死体を安置する代わりに、棺が「電気式コンベアに載せられ、奥がどうなっているのか見えない穴に吸いこまれる」。死者の魂は、頭骨が割れたあとも鋼鉄と煉瓦の内壁に阻まれて空に昇ることができず、同じ炉で火葬されたほかの数千人の魂と一緒くたに閉じこめられるしかない。それは〝アカーラ・マルチャ〟――よくない死だ。商業火葬は遺族にとって「神経をずたずたに引き裂くような、グロテスクとも呼べる経験になりかねない」。

イギリス在住のヒンドゥー教徒で活動家のダヴェンダー・ガイは、クレストンで行われているような野外火葬の合法化を訴え、長年、ニューカッスル市議会と戦ってきた。法廷闘争はガイ側の勝利で終わり、まもなくイギリスでも野外火葬が実現する可能性が出てきた。ガイは「箱に押しこめられて炉で焼却処理されるのは、私の考える威厳ある死ではなく、古代から受け継がれてきた神聖な儀式からは大きくかけ離れている」と主張した。

それを望む地域社会に野外火葬を許可するのは難しいことではない。しかし公営の墓地や葬送を管轄する役所は、徹底して拒否の立場を取る。クレストンのわからず屋の住人たちと同じく、野外火葬場は管理が難しい上に大気や環境に予想外の悪影響を及ぼすと主張する。しかしクレストンの例は、安全性の検査という点で、野外火葬場と通常の火葬炉は何も変わらないことを証明している。環境保護局は、環境に対する影響を検査できる。つまり、適切な規制が可能なのだ。なのになぜ、地方自治体は抵抗を続けるのだろう。

その疑問の答えは、単純明快で、しかも人間味を欠いている——お金だ。アメリカでの葬儀にかかる費用は、平均八〇〇〇ドルから一万ドル。これには墓地の使用権購入費や管理費は含まれていない。一方、クレストン・エンド・オブ・ライフ・プロジェクトの費用は、名目上の〝謝礼〟の五〇〇ドルのみ。これで「薪代、消防車の待機費用、ストレッチャー、土地使用代」がすべてまかなわれる。比較すれば、従来のアメリカ式葬儀のざっと五パーセントの費用ですむ。費用を支払う経済力がなくても、クレストンの住人であれば、クレストン・エンド・オブ・ライフ・プロジェクトは無料で火葬を引き受けることもある。ダヴェンダー・ガイは、イギリスでの野外火葬にも同様のシステムを導入すると公言している。基本料金は九〇〇ポンドとするが、「慈善事業として、実費のみで実施するつもりでいる。あと必要なのは場所だけだ」。

二一世紀のいま、死からお金と利益の要素を取り払おうという話はほとんど聞いたことがない。一番の理由は、その実現は不可能に近いからだ。超大型ハリケーン・カトリーナによる災害後、ルイジアナ州南部のベネディクト修道会がイトスギ材を使った低価格の手作りの棺の販売を始めた。州のエンバーマー・葬儀ディレクター協会は、〝葬具〟を販売できるのは協会の認可を有する葬儀会社に限られているとして裁判所に訴え、販売停止命令を取りつけた。ただ、最終的には連邦裁判所が修道会の味方についた。その根拠として連邦判事は、棺の販売によって公衆衛生が脅かされるおそれがないことは明らかであり、また当局の動機はもっぱら経済的保護主義であると指摘した。

葬儀業界や葬儀にまつわる規制を回避し、特定の社会集団に向けて葬儀関連のサービスを提供する非営利団体を設立するのは、法律上も実務上も不可能に近い。葬儀業界団体が修道会を——よりによって修道士たちを！——訴えるような社会に、クレストンでどれほど素晴らしいことが起きているか、それを伝えていかなくてはならない。

クレストンで火葬に立ち会った翌朝、野外火葬場に行くと、かわいらしい犬が二頭、火葬壇の周囲を跳ね回っていた。ステファニーのきょうだいで、火葬後の灰を集めるボランティアをしているマグレガーがその朝早くから来て、ローラの遺体——およそ一七リットル分の骨と灰——を選り分ける作業を始めていた。遺灰の山から、大腿骨や肋骨、頭骨などを拾い集める。そういった大きな遺骨を持ち帰り、遺品として大切に保管する遺族もいるからだ。

ローラの遺灰の量は、典型的な商業火葬のあとに残るそれの何倍も多かった。商業火葬では、フォルジャーズのコーヒー缶一個分くらいの灰しか残らない。またカリフォルニア州では、遺骨は粉骨機《クレミュレーター》という銀色の機械を使って「原形をとどめない粉末状」になるまで粉砕することと定められている。原形を残したままの大きな骨を遺族に引き渡すのを州はよしとしない。

ローラの友人の何人かは遺灰を分けてほしいと言っていて、それでも残った分は野外火葬場の周囲や山の奥に撒くことになっていた。「きっと本人も喜んだと思うよ」息子のジェイソンは言った。「これからは、そこら中にいることになるわけだから」

前日の火葬を境に、気持ちの上で何か変化はあったかとジェイソンに尋ねてみた。

「最後に母に会いに来たとき、火葬場に連れていかれた。こいつは困ったなと思っていたよ。火葬壇のそばのベンチにたった一人で座って母を火葬しなくちゃいけないんだろうと信じこんでいたから。気味の悪い話に思えたんだ。三日前、クレストンに来たときは、これからしなくちゃならないことを思って怖じ気づいてた。でも母からこう言われてた。〝ここで火葬にしてもらうよう手配してあるの。あなたが来ても来なくても〟」

ローラの自宅で行われた通夜に到着した瞬間から、ジェイソンの心境は変化を始めた。火葬が始まるころには、この町の全員が自分を支えてくれているのだと実感していた。弔辞と歌があった。母親を愛してくれた人々にただ素直に甘えればいいのだと思えた。

「心を揺さぶられたよ。受け止め方ががらりと変わったんだ」

マグレガーは灰の上にかがみこむようにしながら、どれがどこの骨なのかジェイソンに説明している。骨の小さな破片を指で砕いて、高熱にあぶられた骨がいかにもろいかを示したりもした。

「あれ？　これは何かな」ジェイソンが遺灰の山から小さな金属のかけらを引っ張り出した。茶毘に付されたときローラが身につけていたスウォッチの腕時計の、七色に輝く文字盤だった。熱で変質して虹色を帯びた時計は、それが炎に包まれた瞬間——午前七時一六分を指したまま、永遠に止まっていた。

インドネシア・南スラウェシ

トラジャ族、秘境の水牛とミイラ

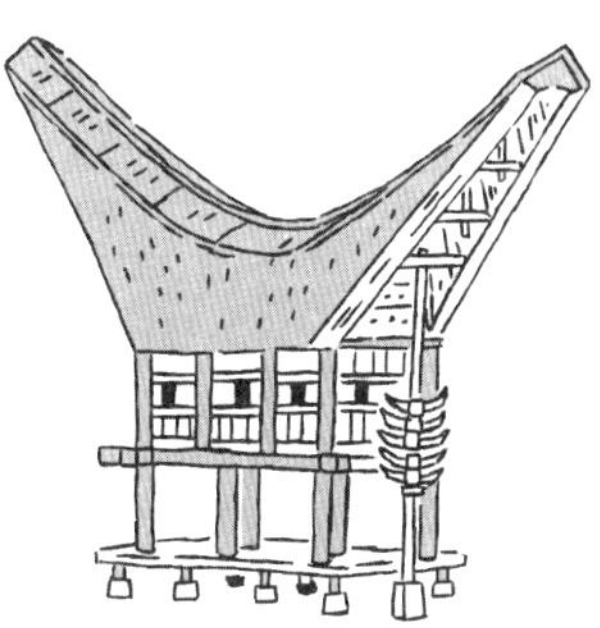

インドネシアの辺境の地に、私たちの想像をはるかに超える長い期間、死者を身近に置いて生活している村がある。生者と死体の関わりの究極の理想とも言えるかもしれない。そこを一度訪れてみたいと何年も願いながら、行くのはきっと無理だろうとなかばあきらめていた。自分には一つ強力な切り札があることを忘れていたのだ——私はドクター・ポール・クードゥナリスを知っている。

ある春の日、私はポールの自宅で座っていた。ポールは、知る人ぞ知るロサンゼルスの歴史ある不気味なお宝の百科事典のような人だ。ちなみに、ポールの家で〝座る〟といえば、板張りの床にぺたんと座ることを指す。〝モロッコ海賊風の城〟とポールが呼ぶそのロサンゼルスの家には、家具が一つもない。家具の代わりに動物の剝製《はくせい》とルネッサンス絵画がひしめき、天井からアラビア風のランプがぶら下がっている。

「八月にタナトラジャに行くんだよね。マネネの時期に」ポールは言った。

他人には真似のできない、いかにもポールらしいさりげない調子だった。過去一二年ほど、ポールは世界中を旅して写真を撮っている。ルワンダの洞窟墓から、人骨で装飾されたチェコの教会、頭のてっぺんから爪先まで金箔を施されたタイの僧のミイラまで。ポールは、ボリビアの山奥に行くと決めたら、第二次世界大戦で落下傘部隊輸送機として使われ、いまは冷凍食肉を積んで飛んでいる飛行機にだって便乗する人だ。ちなみにそのとき同乗していたのは、農場主一人と彼のブタ、ヒツジ、犬それぞれ一頭。飛行機が乱気流に巻きこまれ、動物たちが右往左往を始めた。それを捕まえようとしてポールと農場主も一緒に右往左往していると、操縦席から副操縦士が振り返って声を張り上げた。「おい、揺らすなって。墜落してもいいのか！」ポールなら、秘境タナトラジャにだって行きつけるだろう。

それから、ポールは一緒に行かないかと私を誘った。

「ただし、先に断っとく。行くだけでヘドが出るくらい大変だからな」

数カ月後、ポールと私はインドネシア最大の街ジャカルタに降り立った。インドネシアは一万三〇〇〇以上の島で構成される国家で、世界第四位の人口規模を誇る（上位三国は、中国、インド、アメリカ）。

　国内便に乗り換えるため、私たちは入国審査窓口の待ち列に加わった。

「インドネシアのどこに行く予定ですか」デスクの奥から、若い女性の審査官が快活に訊いた。

「タナトラジャです」

「はい、そうです」

　入国審査官はいたずらっぽく微笑んだ。「あら、まさか死体を見に行くんですか」

「え――そうなの？」審査官は驚いたようだった。死体を見に行くのかという質問は、単なる世間話のつもりだったらしい。「あの、タナトラジャの死体はひとりで歩くって聞きますけど、本当ですか」

「違うよ。家族が支えて歩くんだ。ゾンビとは違うからね」ポールが横から答えた。

「いやだ、怖い！」審査官は、となりの窓口の同僚と顔を見合わせてぎこちなく笑ってから、私たちのパスポートにスタンプを捺《お》した。

　出発から三九時間、一睡もできないまま、南スラウェシ州都マカッサルにようやくたどりついた。空港を出て蒸し暑い通りに足を踏み出すなり、まるで有名人を見つけたみたいにポールの周りに大勢が集まってきた。そうそう、言い忘れていたけれど、ポール本人も自宅に負けないくらい珍しい風采《ふうさい》をしている（念のため。私としては最大級の敬意をこめている）。

長いドレッドヘア、魔法使いみたいな顎鬚《あごひげ》、たくさんのタトゥー。この日の出で立ちは、紫のベルベット地のフロックコートと、つばに白テンの毛皮でできた髑髏《どくろ》をあしらったトップハットだった。年齢は誰も知らない。共通の友人が以前、ポールのイメージをこんな風に言い表したことがある――「映画監督のティム・バートンが現代に蘇らせた、一八世紀の辻強盗」。ポール本人は自分のことを「歌手のプリンスとドラキュラ公を足して二で割った男」と言う。

それまで大きな声で客を誘っていたタクシー運転手たちが一斉に口を閉じ、ポールのタトゥーや髑髏つきの帽子をじろじろ見た。ポールの風変わりな外見は、それまで誰も入ることを許されなかった秘密主義の修道院や洞窟墓地の開かずの扉をいくつもこじ開けてきた。誰もが面食らって、ポールを追い払うチャンスを逸するのだ。

ホテルでひと眠りする時間のゆとりはなかった。予約していた車に乗りこみ、今度は北へ向けて八時間のドライブだ。道路の左右に青々とした水田が果てしなく広がり、水牛の群れが泥水の風呂にのんびり浸かっていた。

スラウェシ島南部の低地を車で走っていると、道路に面したモスクのスピーカーから礼拝の呼びかけが聞こえてきた。インドネシアの人口のほとんどはイスラム教徒だが、タナトラジャの辺鄙《へんぴ》な山間地帯に住むトラジャ族は、一九〇〇年代初頭にオランダ人がキリスト教を持ちこむまで、アルクトドロ教（〝祖先の教え〟）という土着のアニミズムを信仰していた。

まもなく車は山道に入った。ＳＵＶは、対戦相手が延々と前方に現れるチキンゲームさながら、大きくハンドルを切って小型バイクやトラックをかわし、曲がりくねった二車線道路をぐいぐい登っていく。ドライバーには英語が通じず、我慢しきれなくなった私はついに「マジ吐きそう」であることをジェスチャーで伝えた。

睡眠不足から幻覚さえ見え始めたころ、ようやくタナトラジャに着いた。ところが、どの飛行機でもぐっすり寝ていたポールは、暗くなる前に近くの村の空中墓地の写真を撮っておきたいと言い出した。

私たちが車で乗りつけたとき、ロンダ村の墓地は無人だった。垂直な岩壁を見上げると、いまにも崩れ落ちてきそうな足場にパラミツ材でできた棺がいくつも安置されていた。船の形のもの、水牛やブタの形のもの。放射性炭素年代測定法を使った調査によれば、タナトラジャではこういった棺が紀元前八〇〇年ごろから使われているという。棺の板が割れたところから頭骨がちょっとのぞいていて、訪問者が誰なのかこっそり確かめているみたいだった。詮索好きの隣人といったところだ。木でできた棺が朽ちると、なかの骨が崖を転がり落ちてくる。

なおもシュールなことに、棺のすぐとなりにタウタウの列があった。タウタウというのは故人そっくりに作った木彫り人形で、それが喫緊の議題を検討する村の議員よろしくずらりと並んでいる。タウタウは、岩壁周辺に散らばっている、もはや持ち主不明になった人骨の魂を象徴している。古そうなタウタウは作りが稚拙で、ぎょろりとした白目がやたらに目立ち、かつらの毛はもつれている。比較的新しいタウタウは、ぞっとするほどリアルだ。小じわが刻まれた顔、本物っぽいいぼ、静脈が透けて見えそうな皮膚。眼鏡をかけ、服やアクセサリーで装ったタウタウたちは、いまにも杖にすがって立ち上がり、よく来たねと声をかけてきそうだった。

暗い洞窟に入ると、壁の割れ目や自然が作った棚に無数の頭骨が並んでいた。ピラミッド形に積んであったり、整然と列を作っていたりするものもあるが、上下逆さのまま放置されているものもあった。また、漂白したように真っ白なものもあれば、苔に覆われて鮮やかな緑色になっているものもある。キザな角度で煙草をくわえているものもあった。煙草を二本同時にふかしている下顎も見た（頭骨の下顎以外の部分はそっくり失われていた）。

ポールはついてこいと合図して、小さな穴に頭からもぐりこんだ。奥にはまた別の洞窟が広がっているのだろう。しゃがんで暗闇に目をこらすと、腹這いでトンネルを進むしかなさそうな穴だった。

「んー、やめておく。ここで待ってるから」

ロサンゼルス周辺の閉鎖された銅山や軽石採掘場に侵入することもあるポールは（なぜ入るって、それはポールだから）、かまわずトンネルを這っていく。まもなくベルベットのフロックコートの裾が穴の奥に吸いこまれて見えなくなった。

手持ちの唯一の光源、私の携帯電話の電池残量は二パーセントと心細かった。そこで携帯の電源を落とし、髑髏がずらりと並ぶ暗闇に座って待つことにした。何分か過ぎたころ——五分だったかもしれないし、二〇分だったかもしれない——ライトがふいに暗闇を明るく切り裂いた。家族連れだった。母親とティーンエイジャーの子供たち。ジャカルタから来たインドネシア人観光客だ。彼らの目に私はきっと、まばゆい車のヘッドライトにいきなり照らされ、ガレージの壁にへばりついて固まっているフクロネズミのようだっただろう。

子供たちの一人、二十歳《はたち》前くらいの男の子が私のすぐ横に来ると、上品で美しい英語で言った。「ごめんください、お嬢さん。カメラに注意を向けていただけますか。一緒にインスタグラムを作りましょう」

フラッシュが矢継ぎ早に閃き、私の写真が #LondaCaves のハッシュタグ付きでインスタグラムにアップされた。そのときは複雑な心境だったけれど、水玉柄のワンピースを着た身長一八〇センチの白人の若い女が髑髏だらけの洞窟の隅でしゃがみこんでいたのだ。さぞインスタ映えする絵に見えたことだろう。家族連れはポーズを変えて何枚か私と一緒の写真を撮ったあと、洞窟見物に戻っていった。

タナトラジャ観光の拠点ランテパオのホテルで一四時間ほど爆睡して、さわやかに朝を迎えた。ポールと一緒にロビーに下り、手配してあったガイドと合流した。名前はアグース

――〝あ、ガチョウ《グース》！〟。小柄だけれど筋肉の塊みたいな体つきで、顔立ちは端整だ。オランダやドイツの旅行者をボートでジャングルの奥深くに案内する仕事をして二五年になるが、ここ何年か、ポールとのあいだに死を通じた特別な絆を育んでいる。マネネ（私たちがはるばる見に来た儀式）は（「トラジャ時間の」）明日からだから、今日はタナトラジャの葬式を見学し、マネネに向けて気分を盛り上げようとアグースは提案した。

アグースのSUVに乗り、エメラルドグリーンに輝く丘のあいだを縫ってどこまでも続く未舗装の山道を行く。初めの何キロメートルか、ネオングリーンのロープで毛深い黒ブタを荷台にくくりつけた小型バイクの後ろについて走ることになった。私はシートから身を乗り出した。あのブタ、死んでるの？　その声にならない問いが聞こえたのか、ブタの足が泳ぐように動いた。

私の視線に気づいて、アグースが言った。「ブタは人間と違って二人乗りに向かないよね。暴れるから」

そのブタも、私たちがいまから見ようとしているのと同じトラジャ族の葬式に向かっていた。五人のうち一人にとって、これは帰らざる旅路になる。

目よりも耳が先に目的地をとらえた――太鼓や金属の打楽器のにぎやかな音が聞こえてきた。私たちは遺体のあとについて歩く人々の渦に押されて運ばれた。遺体は、トラジャ族の伝統的な家屋をかたどった棺桶に納められている。トンコナンと呼ばれる伝統家屋は、見たことがないような形をしていた。木杭が支える高床式で、屋根の両端は天に向けて高くそり上がっている。今回の遺体は本人の自宅そっくりに作られた棺に納められており、それを若い衆三五人が肩にかついで運んでいた。

遺体が広々とした中庭に到着すると、人々がわさわさと集まってきた。遺体の歩みはのろい——家の形をした棺は想定する以上に重いらしく、担ぎ手はざっと三〇秒ごとに一度、棺を下ろして休憩した。

中庭の真ん中に水牛が一頭いた。いかにも獰猛で物騒な顔つきをしている。水牛の存在は、これから何か不吉なことが始まるのではないかと予感させた。地面に打たれた杭に短いロープでつながれた水牛は、映画『ジュラシック・パーク』で腹を空かせたT - レックスの餌としてつながれていたヤギみたいだった。劇作に関するチェーホフの名言にあるように、第一幕で銃があることを示したなら、それきり誰も発砲しないまま芝居の幕を下ろすことは許されない。

観光客（厳密には、白い肌をしてヨーロッパ風のアクセントで話していることから、私の目にも観光客だと見分けられた人たち）は、中庭の奥の一角に追い払われた。トラジャ族の葬儀観光産業における最大のノウハウがここにある——観光客は、近すぎず遠すぎずの距離にまとめておくこと。私たちを外野の観客席に遠ざけるのは何かもっともな理由があってのことだろうと察して、私は指示された一角に腰を下ろした。ポールもそこでカメラのセッティングを始めた。今日のポールは、昨日よりはここの蒸し暑い気候に適した服装をしていた。デニムのオーバーオール、保安官のバッジ、水玉模様のソックス、カウボーイハット。

ところが、観光客の一部に空気を読めない人たちがいた。あるカップルは、遺族席に並んだ折りたたみ椅子にさっさと腰を下ろした。遠慮深い村人たちはどいてくれと言えずにいた。髪を薄汚れた金色に染めた年配のドイツ人女性は、お祭り騒ぎが始まった中庭の真ん中につかつか歩いていくと、マールボロ・レッドをすぱすぱ吸いながら、村の子供たちの鼻先にｉＰａｄを突きつけて写真を撮った。アニメみたいにステッキを伸ばしてあの女の首にひょいとかけ、ステージから引きずり下ろしたい——私はその衝動をなんとか抑えた。

タナトラジャの観光産業はまだ生まれたばかりで、一九七〇年代までは存在さえ知られていなかった。インドネシア政府はバリ島やジャワ島のようなほかの島々の観光開発に注力した（大いに成功を収めた）。しかしスラウェシ島のタナトラジャには、ほかの土地にはないものがある。贅《ぜい》を尽くした葬儀だ。タナトラジャの人々は、〝首狩りと黒魔術〟の地というイメージからの脱却を望み、高度な文化伝統の一員として見られたいと願っている。

遺体が中庭を進んでいく。担ぎ手は歌を歌ったりうなり声を漏らしたりしながら、トンコナンの形をした棺を上下に揺らして運んだ。スタミナが尽きると棺をいったん地面に下ろし、一息入れてからまたかつぐ。その躍動感は催眠術のような魔力を持っていた。静々と進む西洋風の通常の葬列とは対照的だ。

遺体は、ロヴィナス・リントンという男性だ（トラジャ族の感覚では、〝男性だった〟と過去形で表現するのではなく、あくまでも現在形）。村の重鎮で、公務員と農家を兼業していた。私のすぐ後ろにロヴィナスの顔を大写しにした高さ一・五メートルのカラーポスターがあった。それを見るかぎり、故人は六〇代後半くらいで、青いスーツでぴしりと決め、映画監督のジョン・ウォーターズ風の鉛筆なみに細い口髭を生やしていた。

男性たちが竹棒に縛りつけられてきいきい鳴くブタを運んでいき、手のこんだビーズ細工が施された衣装を着けた子供たちがその間を縫って駆けていった。ブタは中庭の奥の目隠しされた一角に運ばれた。母屋の入口をふさぐように吊り下げられている織物には、ディズニー・プリンセスがひととおり顔をそろえて――『美女と野獣』のベル、『リトル・マーメイド』のアリエル、『眠れる森の美女』のオーロラ姫――まもなく生け贄にされる運命にあるブタたちを見送った。小型バイクにくくりつけられていたブタも、あのなかにいるのだろうか。

トラジャ族の葬儀はカジュアルなホームパーティとは違い、（自分が飲む分の酒ならぬ）自分が食べる分の水牛を各自持参する方式ではない。ブタをはじめとする生け贄の動物はそれぞれ別の家族が持ってきたもので、几帳面に記録される。貸し借り記録システムとでも呼ぶべきものが存在し、そのために村人は何年ものあいだ、他人の葬儀に参列し続けることになる。アグースはこう要約した。

「たとえば今日、あんたが俺の母親の葬式にブタを一頭持ってきたとするだろ。そしたら俺は、いつかあんたの家族の葬式にブタを一頭持っていかなくちゃならない」

トラジャ族とアメリカ人の葬送文化は、〝支出過剰〟という特徴を共有しているようだ。みな故人に対する礼を失したと思われたくない。

やたらに約束事だらけと思えるかもしれないが、アグースによると、それでも昔と比べてかなり簡素化されたそうだ。アグースの両親は土着の〝アルク〟を信仰する住民の多い地方に生まれたが、父親は一六歳でカトリックの洗礼を受けた。アグースの分析では――「アルクにはざっと七七七七種類の決まり事がある。複雑になりすぎたから、みんなそっぽを向いた」。ややこしいしきたりの少ない宗教がよかったのなら、なぜよりによって儀式やしきたりだらけのカトリックを選ぶのかという疑問が頭をよぎるけれど、まあ、それはそれとしよう。

司祭がマイクの前に立って説教を始め、中庭は静まり返った。話の内容は理解できなかったが、ところどころで故人に敬意を表しているのはわかった。「ローーヴィナス・リントーーーーーーーン!」と大声で呼ばわるからだ。二〇分ほど続いた講話の途中、同じフレーズの繰り返しに聴衆が飽きてきたと察知すると、司祭はマイクに向かい、デスメタルバンドのボーカリストみたいに絶叫した。「コオオオオオオオオオ!」スピーカーの真横に座っていて、まさか「コオオオオオオオオオオ！」の絶叫が来るとは予期していなかったときに「コオオオオオオオオ！」をやられると、腰を抜かしそうになる。アグースの通訳によれば「こらきみたち聞きなさーい！」のような意味らしい。近年、トラジャ族の葬儀で行われる講話は（踊りの振り付けや衣装のセンスも）テレビのバラエティ番組かと思うようなものになってきている。

ロヴィナスは、西洋医学の定義する死という観点からは、葬儀の三カ月前、五月の末に亡くなった。しかしトラジャ族の伝統に従うと、ロヴィナスはまだ生きている。もう息はしていないかもしれないが、身体の状態は、高熱を出しているとき、病気のときに似ている。この病気は、最初の水牛かブタが生け贄として捧げられる瞬間まで続く。生け贄――マカルドゥサン（〝最後の息を吐き出す〟）が捧げられると、ついにロヴィナスはその動物とともに死ぬ。

タナトラジャで二年間にわたりフィールドワークを行った人類学者ディミトリ・シンジローニスは、ネラユックという名のトラジャ族の女性と親しい友人関係を築いた。ネラユックはディミトリを自分の息子の一人と呼ぶほどだった。ディミトリが九年後にふたたびタナトラジャを訪れると、ネラユックはその二週間前に亡くなっていた。自宅を弔問に訪れたところ、遺族はディミトリを奥の間に案内し、「ディミトリが〝帰って〟きましたよ」とネラユックの遺体に告げた。

すぐそばにしゃがみ、顔を見て、ただいまと声をかけた。顔の片側がほんの少し崩れかけているようだったが、表情は穏やかで落ち着いていた……ネラユックはただ〝眠って（マンマ）〟いるだけで、私が来たことをちゃんと〝わかっていた（ナタンダイ）〟。それだけでなく、私の声が聞こえていたし、私の姿を見てもいた。そう、ネラユックは〝死んで（マテ）〟はいなかった。〝具合が悪い（ホト）〟だけで、〝周囲のすべてを認識していた（ナサディンガン・アパアパ）〟。

タナトラジャでは、死から葬儀までの期間、死者は自宅に安置される。それだけならさほど衝撃的なしきたりとは思えないかもしれない。でも、その期間は数カ月から、場合によっては数年に及ぶこともあると聞けば、おそらく考えが変わるだろう。葬儀までのあいだ、遺族は食事を運んだり、着替えをさせたり、話しかけたりして死者の世話をし、ミイラ化させる。

初めてタナトラジャを訪れたとき、ポールはアグースにこう訊いたという——死んだ家族と一緒に暮らすなんて、怖くないの？　するとアグースは笑って答えた。

「子供のころ、じいちゃんが七年もうちにいたよ。兄貴と俺はじいちゃんと一緒のベッドで寝てた。朝起きたらまずじいちゃんに服を着せて、壁に立てかける。夜はまたベッドに戻す」

ポールが自分なりの解釈として説明してくれたところでは、トラジャ族にとって死は〝絶対的な区切り〟、つまり生者と死者とのあいだを阻む通り抜けられない壁ではなく、いつでもまたいで行き来が可能な境界線のようなものにすぎない。彼らの精霊信仰によれば、自然界における人間とそれ以外のもの――動物や山、そして死者――の領域を隔てる壁は存在しない。おじいちゃんの遺体に話しかけるのは、そうすればおじいちゃんの魂とのあいだにつながりを築けるからだ。

司祭の話が終わり、スピーカーから響き渡った最後の「コオオオオオオオオオ！」も、ありがたや、無事にフェードアウトした。ポールが横に来て耳打ちした。「あの水牛を生け贄に捧げたあと、観光客も一人くらい捧げてやりたい感じだよな」

それが合図になったかのように、男性が二人、水牛に近づいた。一人が水牛の金属の鼻輪に青いロープを通した。その人は水牛の顎をなでてやったりして、優しく接していた。水牛は、自分が注目の的になっていることに気づいていない。もう一人の男性がしゃがんで、地面に打った木の杭に水牛の前脚を結びつけた。

次はきっと――たとえば遺族が集まって歌でも歌うのだろうと私は思った。ところがほんの数秒後、男性は青いロープを引いて水牛に上を向かせると、ベルトから大型ナイフを抜いて、いきなり水牛の喉を切った。水牛が後ろ脚を蹴り上げ、力強い筋肉と恐ろしげな角で威嚇する。しかし、ロープに引き留められて逃げられない。あふれた血が喉を真っ赤に染めていたが、地面に滴《したた》り落ちるほどの量ではなかった。一太刀目は致命傷を与えなかったのだ。

何人かの男性が駆け寄り、水牛の鼻輪にかけたロープをつかんだ。しかし水牛は抵抗を続けた。背を曲げて跳ね、もがく。切り裂かれた喉笛がこちらを向いた。見ているのはつらかった。男性がベルトから大型ナイフを抜き、ふたたび喉に切りつける。今度は水牛の喉から鮮血が勢いよく噴き出した。

水牛が後ろに飛んだ拍子に木の杭が地面から抜け、水牛は右によろけながら観客席に突進してきた。大混乱と悲鳴の合唱が沸き起こった。私の小型ビデオカメラには、パニック映画『クローバーフィールド/HAKAISHA』みたいな映像が記録されていた。荒い息遣いが聞こえたかと思うと、レンズがいきなり下を向いて地面が大写しになる。人の波に押されて、私はコンクリートの柱の角で手を切ってしまった。

誰かが（ひょっとしたら私が）水牛の復讐心の餌食《えじき》になるだろうと確信した。しかし参列者が水牛を捕まえて中庭の真ん中に引き戻した。水牛はついにそこで動かなくなった。喉から真っ赤な血がぶくぶくとあふれた。人々の甲高い話し声と怯えた笑い声が複雑な合唱になって中庭に渦巻いた。危険が葬儀に命を吹きこんだ。

アグースは携帯電話で何やら熱い議論のさなかだった。

「どうしたの？」私はポールに尋ねた。

「供物《くもつ》用のブタが要る」

「ブタなんて、どこから調達するの？」

「いまアグースが心当たりに問い合わせてくれてる。ブタなしに押しかけるのは礼儀に反するからね」

SUVはそうでなくても満員だ。私、ポール、アグース、ドライバーのほかに、私たちがこれから向かう辺鄙な村に帰るという一五歳の少年アットーも乗っている。ブタを載せるスペースはない。

アグースが電話を切って言った。「俺の友達が明日、バイクで持ってきてくれる」

アットーは道中ずっと携帯電話を手にせっせとメッセージを打っていた。おとなと車に押しこめられたティーンエイジャーなんてそんなものだろう。マネネの期間中、アットーの叔父と曾祖父の墓を開ける予定になっている。どちらもアットーが生まれる前に亡くなっていて、アットーは二人の遺体としか会ったことがない。

目的地の村には広場がなく、小さな集落が点々とあるきりだった。住民の大半は米作農家で、私たちを招いてくれた一家もそうだった。一家は共用の中庭を囲んで建つ七軒のトンコナンで暮らしている。丸々太った雄鶏が一斉に鳴いた。痩せた犬が雄鶏を追い、子供たちが声を上げて笑いながら犬を追う。女性たちは刈り入れたばかりの稲の束を長い竹の棒で叩いている。繰り返されるリズムが眠気を誘った。

　ばらばらとやってきた村人が、ひとかたまりに建つ墓の掃除を始めた。家屋形の墓の扉に頑丈な南京錠がつくようになったのは、最近の話らしい。村人同士が信頼し合っていないということではなく、数年前、村のミイラが一体盗まれ、ランテパオでコレクターに売り渡される事件があったせいだ。泥棒の正体をつかんだ村の人々は、ランテパオまで追いかけてミイラを取り返した。

　男性が何人か集まり、墓の換気をどうすべきか話し合っていた。ジョン・ハンス・タッピという村人は、二年ほど前に墓の一つに納められた。開いた扉から、濃い色をした木の棺が奥の隅に立てかけてあるのが見えた。タッピの息子は、なかの湿度が高すぎたのではないかと心配していた。

「親父がまだ無事でいるといいんだけどね。腐ったりせずに、ちゃんとまだミイラでいてくれるといい」

　ジョン・ハンス・タッピにとって、今回のマネネは節目となるものだ。二年前にジョンが死んだとき一家の懐具合は思わしくなく、満足のいく葬儀をしてやれなかった。生け贄に捧げる水牛を買えなかったことが息子の心に悔いを残していた。お供となる水牛を捧げられなかったがために「親父はあの世に旅立てずにいる」のではと心配している。しかしそれも今週までだ。その日のために選んだ水牛が近くの野原で待機している。

二軒先の墓では、女性が扉を開け放ち、レモンの香りの消臭剤を業務用サイズのスプレーで撒いていた。

通りを少し先まで行くと、新しく建てた六名サイズの墓を祝福に来るプロテスタントの牧師を、解体して食べるだけになったブタを用意して待っている家族がいた。その一家から夕飯に招かれた。

四角く切り分けて竹筒に並べられた豚肉は、あとはローストすれば食べられる状態だった。ブタは、肉をローストする焚き火のすぐそばで解体された。食べているあいだも残った血の臭いが鼻をついた。ハエが何匹か、その辺をけだるげに飛んでいた。すぐそこの竹の足場から、切り落とされた豚足がぶら下がっている。小さな犬が突進してきて、まだ血や体液を滴らせている内臓をさらっていった。「おい！」火の番をしていた人が犬を叱ったものの、犬がおいしそうに食べている内臓を取り上げようとはしなかった。

一人の女性がピンク色に炊き上がったお米を盛った竹の葉のお皿を渡してくれた。火で熱せられた竹筒が取り出された。肉がまだじゅうじゅうと音を立てている。豚肉の塊はほぼ脂身だ。途中で竹の葉を目の前に持ち上げ、脂がたっぷりついたかりかりの皮をよく観察すると、毛穴がはっきり見えた。これは死んだ動物の肉なのだとしみじみ実感して、ほんの一瞬、見なければよかったと思った。

これまでずっと人の死とは日常的に向き合ってきたけれど、発泡スチロールのトレーに載ってラップをかけられている以外の状態の動物の肉を見るのはそれが初めてだった。フランスの人類学者ノエリー・ヴィアルは、フランスにおける食品の流通消費システムについて次のように述べているが、同じことはほとんどすべての西洋諸国に当てはまりそうだ。「食肉解体は、工業的に――すなわち大規模かつ匿名で行われなくてはならなかった。非暴力的（理想的には無痛）でなくてはならず、見ずにすむ（理想的には存在すらしない）ものでなくてはならない。それを意識させてはならないのだ」

それを意識させてはならない。

白内障で目が白く濁るほど年を取ったおばあさんが、ちんまりと盛ったお米を少しずつ食べながら谷のほうをじっと眺めていた。その場にいる誰とも話をせずにいる。もしかしたら人と話すことがもうできないのかもしれない。アグースが豚の脂にまみれた指で私をつついて小声で言った。「今度の墓に真っ先に入るのはきっとあの人だな」おばあさんを笑いものにしながらも、アグースの言葉は根本的な真実を突いていた。おばあさんはもうじき先祖の列に加わり、新しく建てた黄色い壁の墓――〝火も煙もない家〟――に引っ越すことになるのだ。

夜遅く、私たちのブタが小型バイクで到着した。建物の一つを仮住まいとしてあてがわれ、残飯をさっそくむしゃむしゃ食べ始めた。ここに来たのは供物にされるためだとは気づいていない（あとで精算してみると、ブタ代、宿泊費、アグースのガイド料としてポールが立て替えてくれた総額は六六六ドルだった。二〇一五年度の私の所得申告書には、生け贄のブタ代として六六六ドルが経費計上された)。

その夜、私たちはトンコナン・ハウスの奥深くで眠った。外から見ると巨大だから、木のはしごを上ってなかに入ってみて、窓のない部屋が一つあるだけだとわかって驚いた。床に布団が敷いてあった。私たちはありがたく眠りについた。真夜中になって初めて、この家に部屋は一つしかないというのは勘違いとわかった。木の掛けがねを外すと壁が開き、ほかに三つの部屋が出現するようになっている。一晩中、私たちが寝ているそばをいろんな人が静々と通り抜けて、奥の部屋に出入りしていた。

翌日の朝は、村の通り沿いから聞こえる物悲しげな鐘の音から始まった。マネネの開始を正式に告げる音だ。

私が最初に見たミイラは、八〇年代を彷彿《ほうふつ》とさせるアビエーター形のサングラスをかけていた。フレームは黄色だった。

「あらやだ」私は思った。「あの人、私の中学時代の数学の先生と瓜二つ」

若い男性が一人、ミイラを支えて立ち、別の一人が紺色のブレザーをはさみで切っていく。そのままズボンも切り開かれて、ミイラの胴体と脚があらわになった。裸同然になった姿を見ると、死後八年が経過しているわりに驚くほど保存状態がよかった。肌に目立った傷やひび割れは一つもない。そのとなりのとなりの棺から出てきた男性は、それに比べると不運だった。全身がしわしわに縮んで、薄っぺらの皮膚が張りついた骨を金色の刺繍が施された布がかろうじてつなぎ止めているといった風情だ。

最初の紳士は、ボクサーショーツとアビエーター形サングラスだけの姿で地面に横たえられ、頭の下に枕が置かれた。生前に撮影された六切サイズの写真が脇に立てかけられている。生きていたころの紳士は、ミイラになって八年が経過した現在ほどには数学の先生に似ていなかった。

女性たちの一団がかたわらにひざまずき、男性の名を呼び、頬をなでながら泣き叫んだ。泣き声が静まるのを待って、男性の息子が刷毛《はけ》をひとそろいもって進み出た。近所の金物店で売っているようなふつうの刷毛だ。それで遺体についた汚れを落としていく。刷毛を小刻みに動かし、父親のしなびた皮膚を愛情をこめて払う。ボクサーショーツのなかからゴキブリがあわてた様子で飛び出してきた。息子はそれに目をくれずに黙々と刷毛を動かし続けた。こんな弔いは私も初めて見た。

その一〇分ほど前、アグースの携帯に電話がかかってきて、なかなか行きつけない川べりの墓からミイラを取り出し始めていると一報が入った。私たちは水田の真ん中を抜ける未舗装の小道を猛然と走った。小道は途中から茶色い水が流れる小川になっていた。浅瀬や橋はない。私たちはうめき声を漏らしながらぬかるみに浸かって進んだ。私は尻餅をついて、泥の土手をそのまま滑り落ちた。

行ってみると、四〇体くらいがもう小屋形の墓から取り出され、地面に並べられていた。鮮やかな色の布でくるまれている人もいれば、細い木の棺に納められている人もいる。アニメのキャラクター柄のキルトや毛布でくるまれている人もちらほら見えた。ハローキティやスポンジ・ボブ、ディズニーのさまざまなキャラクター。家族は遺体を一つずつ確認しながら、誰を開けるか決めていく。いったい誰なのか、いまとなっては誰も覚えていない〝どちらさまでしたっけ？〟な遺体もある。最優先で開ける遺体もある。最愛の夫や娘。ずっと会いたかった相手、早く再会したくてたまらない相手だ。

ある女性が息子の包みを開いた。一六歳の若さで亡くなったのだという。ひしゃげた両足が最初に見えた。やがて両手が現れた。保存状態はよさそうだ。男性が二人、棺の両側に立ち、取り出しても崩壊してしまったりしないか確かめながら遺体をそろそろと持ち上げ、まっすぐ立たせた。胴体はうまくミイラ化していたが、顔は歯とふさふさした茶色の髪だけを残して骨になっていた。でもお母さんは気にならないらしい。息子との再会に感激した様子だった。そんな状態なのに、息子の手を取ったり、顔に手を当てたりしている。

そのそばで、男性が父親の遺体を刷毛で掃除していた。遺体をくるんでいたろうけつ染めの布の色が移って、顔がピンク色に染まっていた。

「いいお父さんでしたよ」男性は言った。「八人も子供がいたのに、暴力を振るったことなど一度もありませんでした。悲しいけれど、同時にうれしいです。こうして世話をすることで、育ててもらった恩を返せるんですから」

トラジャ族の人々は、次に何をするか、死者に言葉をかけてじかに伝える。「はい、お墓から外に出しますよ」「煙草を持ってきたよ。もっとお金があればよかったんだけど、ごめんな」「娘さんが家族と一緒にマカッサルから来てくれたよ」「さて、コートを脱ぎましょうか」

川べりの墓で、家長からお礼を言われた。来てくれてありがとう、煙草を持ってきてくれてありがとう、と。彼はポールが写真を撮り、私が質問して回ることを快く許可してくれた。ただし一つだけ条件があった。「この村の者以外にここの話をしないでください。ここは秘密ですから」

私は葬儀で見た無作法なドイツ人女性を思い出した。くわえ煙草でｉＰａｄを人の鼻先に突きつけていた人。私はあの女性と違わないのではないかと不安に駆られた。何カ月も前から楽しみにしていたものをどうしても見たいという欲求に目がくらんで、来てはいけないところに来てしまったのではないかと。

水田の道を逆向きにたどり、村の目抜き通りに戻ると、私たちを招待してくれた一家がついに先祖の遺体を墓から運び出して開封する作業を始めていた。家族のなかに見覚えのある顔があった。ランテパオでグラフィックデザイナーをしているという、私と同年代の男性だ。前の晩遅く、私が床に就いたあとに小型バイクに乗って帰郷し、壁を開けて奥の部屋に入っていった人だった。男性は金色の布をほどいて骸骨を取り出した。「兄です。一七歳のとき、バイク事故で死にました」そのとなりの布の包みを指さす。「そっちは祖父です」

坂を下った先では、別の家族が七年前に亡くなったおじいちゃんを囲んでピクニックを始めた。ピクニックといえば欠かせないギンガムチェック柄の毛布まで広げている。マネネでおじいちゃんを開けるのはこれで二度目だという。遺体の保存状態は良好だった。家族は遺体の顔を植物素材の刷毛で払い、後頭部の干からびた皮膚を剝がした。記念写真を撮ろうとおじいちゃんを立たせ、一家でそれを囲む。形だけ笑みを作る人、にこやかな笑顔の人。その様子を少し離れたところから眺めていると、家族のなかの女性が一緒に撮ろうと私を手招きした。私は両手を大きく振った。「いえいえ、家族の写真に入るなんて、そんな」ところが一家はどうしてもと言う。そんなわけで、インドネシアの山奥のどこかに、トラジャ族の一家と掃除がすんだばかりのぴかぴかのミイラと一緒に微笑む私の写真が存在している。

極端に乾燥した地域、あるいは極端に寒い地域で死体がミイラ化した話はよく聞くが、緑豊かで蒸し暑いインドネシアはどちらの条件にも当てはまりそうにない。では、この村ではなぜミイラ化したのだろう。その答えは、尋ねる相手によって変わる。昔ながらの防腐処理――死体の口と喉に油を注ぎ、特殊な茶葉や樹皮で皮膚を覆う――を用いてミイラにしたと考えるのも一つ。茶葉や樹皮に含まれるタンニンが皮膚に含まれるタンパク質と結合して縮め、皮膚の耐水性や耐摩耗性、殺菌力を高める。このプロセスは、剝製師が動物の皮に施す防腐処理と似ている（皮をなめす《タン》の語源はこのタンニン）。

トラジャ族のミイラ作りの最新トレンドは、アメリカ人にはおなじみのエンバーミング用ホルマリン（ホルムアルデヒドとメチルアルコールと水の溶液）を注入する手法だ。私が話を聞いたある女性は、亡くなった自分の家族にはホルマリン注入のように死体を傷つける度合いの高い方法を採らなかったそうだが、内緒話をするようにこう付け加えた。「ほかの人はやってるみたいよ」

タナトラジャのこのあたりの村の人たちは、アマチュア人間剝製師だ。いまではトラジャ族もミイラ作りのために北アメリカ人と同じ化学薬品を使っていることを考えると、西洋人がトラジャ族の風習に驚愕する理由がよくわからなくなる。ポイントは、周到に死体を保存することではないのかもしれない。それよりも、トラジャ族の死者は、密閉された棺に納められてセメントで固められた地下要塞みたいな箱に押しこまれるのをよしとせず、あろうことか生者の世界をうろついているせいではないだろうか（ここで疑問が生じる。遺体をきれいに保存することにそこまでこだわるのはなぜなの、アメリカ？　だって、その辺に飾っておこうってわけでもないのに?!）。

母親の死体を七年間も自宅に保管しておくと考えると、西洋の人々がまず思い浮かべるのは映画『サイコ』に出てくる錯乱したホテル経営者だろう。トラジャ族は、母親の死体を保存する。ノーマン・ベイツも母親の死体を保存していた。トラジャ族は、家族の死体と何年も一緒に寝起きする。ノーマンも母親の死体と何年も寝起きしていた。トラジャ族は、死者がまだ生きているかのように話しかける。ノーマンも母親がまだ生きているかのように話しかけた。ただしトラジャ族は、当たり前のことといった顔で家族の墓を半日かけて掃除するが、ノーマン・ベイツはアメリカン・フィルム・インスティテュートが選ぶ、アメリカ映画史上もっとも恐ろしい悪役の第二位に選ばれている。ちなみに一位はハンニバル・レクター、三位はダース・ベイダーだ。ノーマンが栄えある第二位に選ばれたのは、母親の服を着て罪のないホテル客を惨殺したからではない。欧米人は、長期間にわたって死者と交流することをものすごくグロテスクと感じるからだ（あっと、『サイコ』のネタを全部ばらしちゃった。まだ見ていなかった人、ごめんなさい！）。

ジョン・ハンス・タッピの息子さんとは前日に会っていたが、今日はジョン・ハンスご本人と対面することになる。ジョン・ハンスは格子縞のボクサーショーツと金時計を着けただけの姿で地面に横たわり、気持ちよさそうに日光浴をしていた。胸腔と腹腔には亡くなった直後にホルマリンが注入されている。死後二年が経過しても保存状態が万全なのはそのおかげだ。対照的に、顔面は黒く変色し、小さな傷や穴がたくさんあって、そこから骨がのぞいていた。ボクサーショーツのなかまで掃除しようとミイラ化したペニスを刷毛で払う家族は、誰もが想像するとおりの居心地の悪そうな様子をしつつも自嘲するようなジョークを言いながら作業を終えた。

幼い子供たちはミイラからミイラへと駆け回り、じっと観察したり軽くつついたりしてみたあと、ちりぢりに走り去った。五歳くらいの女の子が地上の騒ぎから逃れて墓の横壁をよじ登り、屋根の縁に腰かけていた私のとなりに座った。言葉を交わさなくても気持ちが通じた——二人とも居心地の悪さを感じ、こうして上から見ているほうが気楽だと思っている。

アグースが屋根にいる私を見つけて大きな声を出した。

「なあ、俺もいつかこうなるんだって考えちまうよ。これは未来の俺だ。そうだろう?」

宿泊している家に戻った。椀に盛ったご飯を食べている私たちを四歳の男の子がじっと観察していた。手すりの向こうから男の子が顔をのぞかせたところで私が変な顔をしてみせると、男の子はうれしそうに歓声を上げた。向こうに行っていなさいとお母さんに言われ、男の子は刷毛を持って外に出た。中庭の奥のほうに落ちていた竹の枯れ葉のそばにしゃがみ、刷毛で葉を払っている。完全に没頭した様子で葉の表面の溝を残らずなぞった。マネネの伝統が今後も受け継がれていくなら、おとなになったあの子は、今度は家族の誰かの遺体をあしてきれいにするのだろう——もしかしたら、私たちがこの村で出会った誰かの遺体を。

翌朝、ジョン・ハンス・タッピに新しい服が着せられた。金色のボタンが並んだ黒いジャケットと紺色のスラックスだ。今日は道の先の新しい墓、てっぺんに白い十字架が立っている水色の小屋へ引っ越しだ。墓の装飾には複数の文化がまぜこぜになっている——トラジャ伝統の水牛のシンボルはもちろん、聖母マリアの御心や祈りを捧げているイエスの写真、最後の晩餐の複製画もある。

家族はジョン・ハンスを立てかけ、新しい服を着た故人と最後にもう一枚だけ記念写真を撮ってから、元の棺に納めた。ぴかぴかの黒いドレスシューズを足もとに入れ、遺体に毛布をしっかりとかける。蓋を閉じ、棺の側面を磨いてから肩にかつぎ、太鼓を鳴らしたり歌ったりしながら新しい墓に運んでいった。ジョン・ハンスの今回のお祭りはここでおしまい。次に墓から取り出されるのは三年後になる。

ＳＵＶに荷物を積みこんでいると、アグースが言った。「あの家にも死体があるんだけどさ」私たちが泊まった家のすぐとなりの家を指さす。二軒はほんの三メートルほどしか離れていない。その一家は、私たちの反応を見てから、二週間前に七〇歳で亡くなったサンダという女性のことを伝えるかどうか決めるつもりでいたそうだ。

「見ていくか？」アグースが訊いた。

私はゆっくりとうなずいた。ここに泊まった二晩とも、私たちは死体と並んでいびきをかいて寝たことになるわけだけれど、なぜか〝そりゃそうなるよね〟という気がした。

「ねえ、ポール」泊まらせてもらった部屋のはしごを上りながら、私は小さな声で言った。

「来て。きっとあなたも見たいと思うから」

アグースに言われたとおり、サンダへのお供えとして残っていた食料品を持っていった。私たちが供えたものだとサンダにはわかるはずだ。奥の部屋に上がらせてもらうと、竹を編んだマットにサンダが横たわっていた。緑色の格子柄の毛布をかけたサンダは、オレンジ色のブラウスを着てピンク色のスカーフを巻いていた。すぐ脇に愛用のバッグがあり、お供えの食べ物も並んでいた。布でくるまれた顔は、エンバーミングされた遺体にありがちなゴムっぽい見た目だった。

村のスペシャリストが来てサンダの遺体にホルマリンを注入したらしい。家族が自分で注入することはできない。ホルマリンは〝スパイシーすぎて〟目が痛くなるからだ。伝統に従えば毎日の手入れが必要だが、裕福な稲作農家であるサンダの家族にはその時間がない。

墓に納められる日まで、サンダはこのまま家族と暮らすことになる。家族は食事やお茶や供え物を運ぶ。サンダは夢のなかで家族に会いにやってくる。サンダが生と死のあいだにある柔らかくてもろい境目の向こう側に行ったのはたった二週間前だ。臭気が薄まったら、一つの部屋で家族そろって眠ることになるのだという。

アグース（ご記憶だろうか、子供のころ、死んだおじいちゃんと七年間、一緒に寝ていた）は肩をすくめた。

「俺たちは慣れてるからね、こういうことに。こういう生と死のありかたに」

実際にインドネシアに行く前、タナトラジャのこの地域で見ることになる儀式に関する参考資料をあちこち探し回った。比較的新しい資料は――少なくとも英語のものは――ほとんど見つからなかった（〝マネネ〟でグーグル検索すると、リアリティ番組『リアル・ハウスワイフ・オブ・アトランタ』のカリスマ主婦、ネネ・リークスの情報が並ぶ）。

写真もほとんどない。探したなかで一番参考になったのは、イギリスのタブロイド紙『デイリー・メール』に掲載されたものだった。どこから手に入れた写真なのだろう。現地に記者を派遣したとはとうてい思えない。同紙のオンライン版のコメント欄がなかなか興味深かった。「うっそ、〝安らかに眠れ〟って意識はないわけ？」ある投稿者はそう書いている。「マジな話、これって死んだ人に対するものすごーーーい冒瀆《ぼうとく》じゃない？」別の投稿者はそう書いた。

投稿者がミネソタ州の墓地からサリーおばさんを掘り出し、ゴルフカートに乗せて郊外の街をぐるぐる巡ったとしたら、たしかに、それは死者への冒瀆だろう。投稿者は、肉体的な死のあとも家族の絆は続くと考える文化で育ったわけではないからだ。しかしトラジャ族にとっては、何年も前に死んだ人を墓から取り出すのは死者に敬意を払う行為であるばかりでなく（冒瀆どころか、それが死者に対して生者ができるもっとも敬意にあふれたことだ）、死者との結びつきを維持するための意義深い行いなのだ。

葬儀屋稼業をしていると、〝うちのママはいまごろお墓のなかでどうなっていますか〟という質問をたびたび受けることになる。それこそ毎日のように「母は一一年前にニューヨーク州北部で死んで、エンバーミング処置後に家族のお墓に埋葬されました。遺体はいまどんなことになっているんでしょうか」と訊かれる。答えを左右する要素はあまりにも多い。天候、土壌、棺の材質、エンバーミングに使われた薬品。これまでのところ、私も相手も納得できる答えができたことは一度もない。でも、トラジャ族がミイラになったお母さんに話しかけ、手を触れるのを見ながら思った。この人たちは、母親の遺体の状態を葬儀屋に尋ねる必要はない。他人に尋ねるまでもなく、そしてママが死んでから一一年が過ぎていようと、いま遺体がどうなっているか、手に取るように把握しているのだから。以前と姿形の変わった母親と再会することに比べたら、人の想像力が描き出す亡霊のほうがよほど恐ろしいのかもしれない。

メキシコ・ミチョアカン

ガイコツと花の祝祭の陰に

黒い山高帽をかぶって葉巻をくわえた骸骨が、ファレス通りを飛ぶように行く。骨の両腕がゆらゆら揺れていた。身長四・五メートルの〝ガイコツ〟は、通りを埋め尽くした人々を見下ろしてそびえ立つ。メキシコの現代アートのアイコンの一つ、帽子に花と羽を飾った骸骨の貴婦人カトリーナ《ラ・カラベラ・カトリーナ》の扮装をした男女がその後ろに列を作り、陽気に踊りながら歩いていた。グリッター紙吹雪が放たれてきらきらと輝き、ローラーブレードを履いたアステカ族の戦士たちがつむじ風のように追い越していく。数万の群衆から歓声と歌声が上がった。

二〇一五年公開のジェームズ・ボンド映画『007 スペクター』を見た人なら、花、ガイコツ、悪魔、山車《フロート》が入り乱れるこの盛大なお祭りがきっと目に浮かぶだろう。メキシコシ

ティで年一度行われる死者の日《ディア・デ・ロス・ムエルトス》のパレードだ。『スペクター』のオープニングシーンで、タキシード姿にガイコツの仮面を着けたジェームズ・ボンドは、やはり仮面を着けた女性の手を引き、パレードの雑踏を抜けて一軒のホテルに入る。

ただし、これには裏話がある。死者の日のパレードから着想を得て007映画が作られたのではない。映画が先で、パレードは後づけなのだ。映画のヒットを受け、パレードが本当にあると信じてメキシコを訪れる観光客をがっかりさせるのではと心配になったメキシコ政府は、一二〇〇名のボランティアを集め、準備に一年をかけて、四時間に及ぶパレードを再現した。

死者の日とは、一一月の一日と二日に家に帰ってくるとされる先祖を、生前の好物を用意してにぎやかに出迎えようという趣旨の行事で、本来なら家族ごとに行われるごく内輪のお祭りなのに、パレードのせいで俗悪な商業イベントになってしまったと嘆く人もいる。一方で、宗教色の薄い民族的な伝統だったものが、全世界の人々が見守る前でメキシコの歴史を堂々と賛美できる機会に進化したのは時代の趨勢《すうせい》だと前向きにとらえる人もいる。

パレードが終わったころ、私たちはグリッターキャノンが発射した光る紙吹雪の残骸を踏みしめて街を歩いた。今回の旅の相棒は、私が主宰する非営利団体オーダー・オブ・ザ・グッド・デス（良き死を考える結社）の理事の一人、サラ・チャベスだ。サラは住宅や商店などあらゆる場所にディスプレイされた死者の日の装飾を指さした。ドクロ《カラベラ》、紙を切り抜いて作ったカラフルなガイコツ。
「あ、そうだ！」サラは大事なことを思い出したという風に叫んだ。「教えてあげようと思って忘れてた。私たちが泊まってるホテルのスターバックス。あそこでパン・デ・ムエルトを売ってたのよ」死者のパン《パン・デ・ムエルト》は、人骨を象徴する飾りを施したパンで、砂糖をまぶしてあって甘い。

　翌日にはミチョアカン州に向かうことになっていた。牧歌的な地方で、いまも家族ごとに伝統的な死者の日を祝っている。でもここメキシコシティでは、二〇世紀初頭、死者の日のお祭りが見向きもされなくなった時期があった。一九五〇年代、メキシコの都市部の人々は、死者の日はもはや廃れた文化の名残、文明化された社会の辺境でのみ受け継がれているものと見なすようになった。

　ところが興味深いことに、その意識を変えるきっかけはアメリカからやってきた。ハロウィーンの習慣がじわじわと浸透したのだ。一九七〇年代初頭、作家や知識人はハロウィーンを——ジャーナリストのマリア・ルイーザ・メンドーザの言葉を借りるなら——〝フィエスタ・グリンガ〟、アメリカ人の祭りと位置づけ、「箒に乗ってとんがり帽子をかぶった魔女、猫、カボチャの祭りは、探偵小説で読むには楽しいが、私たちの文化とはまったく関連がない」とした。メンドーザは同胞のメキシコ人についてこんな風に書いている——小銭をせびったり自動車の窓ガラスを拭いたりしてその日暮らしをしている子供たちに気づいても知らぬ顔をする半面、裕福な地域を見れば「ブルジョワ階級の人々はテキサス州人の真似をし、我が子が滑稽な仮装をして他人の家を訪ね、施しをねだり、しかもそれを受け取ろうと、目くじらを立てない」。

人類学者クラウディオ・ロムニッツによると、死者の日はこの時期に「いかにもアメリカ的な祝祭であるハロウィーンと対極にあるもの」、「国民意識の普遍的表象として確立した」。かつて死者の日を否定した人々（あるいはそもそも死者の日を祝う習慣がなかった地域の人々）が、きわめてメキシコらしいお祭りと見なすようになったのだ。死者の日は大都市で復活しただけでなく――たとえばジェームズ・ボンド風パレード――政治的迫害に苦しんできた人々に目を向けるきっかけにもなった。彼らはこれまで光を当てられることのなかった人々――たとえばセックスワーカーや先住民族、ゲイの権利団体、アメリカに越境しようとして命を落としたメキシコ人――を追悼する意味を死者の日に持たせようとした。死者の日はこの四〇年で、メキシコ全体の大衆文化、観光文化、抗議文化を象徴するものとなった。メキシコという国そのものが、悲しみを内に向けるのではなく社会全体で受け止める取り組みの世界的リーダーと見なされている。

「子供のころ、周りにいたおとなはみんな、メキシコ系であることを恥じていた」翌日、ミチョアカンのホテルの部屋で、サラはそう語り始めた。「自分たちについて誇りに思えることなど何一つなくて、恥じるべき点ばかりだと教えられて育ったような人ばかりだったの。アメリカ文化に同化しなくてはならなかったんでしょうね。アメリカで幸せに暮らすことは、できるかぎり白人になることと同義だったから」

サラの祖父母は、二〇世紀初頭にメキシコのモンテレーからアメリカに移住してきて、イーストロサンゼルスのチャベスラヴィーンという街で新生活を始めた。一九五〇年、一八〇〇世帯の大部分を低所得のメキシコ系アメリカ人が占めていたチャベスラヴィーンの住民に宛て、行政から手紙が届いた。公営住宅建設計画が決定し、その用地買収のための立ち退きに協力するようにというお達しだった。計画には学校や子供の遊び場が含まれ、もとからの住民は新しい公営住宅に優先的に入居できると記されていた。ところが住民が立ち退き、地域のコミュニティがばらばらにされたあとになって、ロサンゼルス市は公営住宅建設計画を破棄し、ニューヨークの実業家と手を組んでドジャー・スタジアムの建設に取りかかった。野球場新設を支援した人物にロナルド・レーガンがいて、反対派の人々を〝野球嫌いの連中〟と呼んだ。

チャベスラヴィーンで暮らしていたメキシコ系アメリカ人は、住宅供給における差別的慣行によってロサンゼルスのさらに東へと追いやられた。サラの両親はこの変転の時期に成人した。サラが生まれたのは、両親が一九歳のときだった。

「いまになってもね、チャベスラヴィーンが話題に上ると、祖母やおば、おじたちは打ちひしがれたような顔をするの。あの街が恋しくてたまらないのよ」サラは言った。

サラはスペイン語の勉強を禁じられて育った。肌の色が明るかったため、サラはおばあちゃんのお気に入りの孫になった。家の外で〝メキシコ人らしく〟振る舞うことは許されなかった。よそよそしい母親の家と、ハリウッドで衣装係をしていた父親の家、そして祖父母の家を行ったり来たりしながら、ロサンゼルスで子供時代を送った（お父さんはいまだに自分をメキシコ系とは言わず、〝アメリカンインディアン〟と言うそうだ）。サラは、祖先がメキシコから来たアメリカ人との自己認識で育ち、メキシコ文化とのつながりを実感する機会はほとんどなかった。

小学校の教諭を務めて一〇年がたった二〇一三年、サラは現在のパートナー、ルーベン（仮名）と恋に落ちた。二人とも子供がほしいと思った。まもなくサラは身ごもった。サラにとってその子は「ちゃんとした家族、私の家族、自分が選んだ家族、誰も私から奪い取ることができないもの」を築くチャンスだった。

しかしその夢は叶わなかった。おなかの男の子は妊娠六カ月で死んでしまったのだ。それから数カ月、サラは「誰でもない空っぽの入れ物」状態で過ごした。両親と疎遠になった。孤独だった。自宅の裏にあったオレンジの果樹園にふらりと入って、そのまま消えてしまいたいと思う日々が続いた。次に自責の念に押しつぶされそうになった。重たいものを持ち上げてしまったのがよくなかった？　何かいけないものを食べた？

「女性は本当なら命を育む存在なのに」サラは言う。「私の体は墓だった」

友人や同僚の言葉や態度に過敏になった。誰もが子供をかけがえのない宝として扱う世界で暮らしが成り立っているのだと思った。

「悲しみを押し隠せ――社会はそう私に命じていた。そんな不幸を直視したい人なんていないわよね。私は不幸を象徴するものだった。悪霊みたいなものだった」

子供を亡くした母親の体験談を探してネットの世界をさまよった。運営者に悪意があるわけではないだろうが、同じような女性が集まるウェブサイトはだいたい、キリスト教色が強すぎるか（「私の天使はいま神の腕に抱かれています」）、ありきたりの慰めや遠回しな言葉を並べた体験談の寄せ集めかのどちらかだった。そういった耳触りのよい励ましは、むなしい常套句としか思えなかった。サラが感じていた胸をえぐる痛みや渇望と共鳴するものは見つからなかった。

慰めを求めて行き着いた先は、先祖から受け継いだ文化遺産の玄関口だった。「サラ、あなたはメキシコ人よね？　世界で一番、死と日常が密接に結びついた文化を持つとされる国の出身なのよね？」サラは自分にそう言い聞かせた。「あなたの先祖なら、この悲劇にどう対処すると思う？」

メキシコの詩人オクタビオ・パスの有名な言葉がある。ニューヨークやパリ、ロンドンといった欧米の大都市の市民は〝死〟という言葉を発音しただけで「唇をやけどする」だろうが、「対照的にメキシコ人は死と親しく交際し、死を嘲い、死を愛撫し、死と寄り添って眠り、死を歓待する。死はメキシコ人のお気に入りの玩具であり、不滅の恋人である」。

だからといって、メキシコ人が死を恐れたことが一度もないわけではない。メキシコ人は苦しみを通じて死との関係を築いてきた。いまあるのは何世紀にもわたる過酷な歴史を経た結果なのだ。クラウディオ・ロムニッツはその背景をこう記している。「誇り高く強大な帝国に成長する代わり、メキシコは外国勢力により、また国家とは独立した勢力により、蹂躙され、侵略され、占領され、手足をもがれ、強請《ゆす》られてきた」二〇世紀に入り、西洋世界の抑圧と、死を否定する意識がピークに達するころ、メキシコでは「死と陽気に親しむ態度が国民意識の礎石となった」。

サラにとって息子の死に折り合いをつけることは、死に対する恐怖を消し去ろうと努力することではなかった。消すことなどできないのはわかっていた。ただ死と向き合いたかった。その名を口にする資格がほしかった。詩人のパスの言葉にあるように――死と親しく交際し、死を嘲い、死を愛撫したかった。

サラもそうだが、移民の二世や三世の多くは家族が本来有する文化風習と隔絶されて育つ。アメリカの葬儀システムは多様な死の風習のありかたを否定し、アメリカ式の規範への同化を強制する法律をごり押しする。

とりわけ胸の痛む例を一つ挙げれば、イスラム教の人々はアメリカ国内で葬儀社を興し、国家資格を持つ葬儀ディレクターを各地に配置して、イスラム教コミュニティが求める葬儀に対応できるようにしたいと考えている。イスラム教の教義では、死の直後に死者を洗い清め、可能なかぎり早く——できればその日の日没までに——埋葬しなくてはならない。イスラム教徒はエンバーミングを拒む。死体に切れ目を入れて化学薬品や防腐剤を注入すると考えただけで尻込みする。ところがアメリカの多くの州の法律は残酷で、葬儀社はエンバーミング処置を提供できなければならず、エンバーミングの必要が生じることは絶対にないとわかっていても、葬儀ディレクターはエンバーミングの研修を受けなくてはならない。つまりイスラム教徒の葬儀ディレクターは、葬儀を取り仕切ることでコミュニティに貢献したいなら、信条を曲げなくてはならないのだ。

サラのメキシコ文化への最初の入口、いまも変わらずそこにある入口となったのは、メキシコの画家、〝苦痛のヒロイン《エロイナ・デル・ドロール》〟フリーダ・カーロの絵だった。一九三二年の作品『メキシコとアメリカの国境上の自画像』には、メキシコとデトロイトを分ける架空の境界線をまたいで立ち、挑むような目でこちらを凝視するフリーダ自身が描かれている。フリーダは当時、壁画家の夫ディエゴ・リベラとともにデトロイトで暮らしていた。メキシコ側には頭蓋骨や廃墟、植物、大地にしっかりと根を張った花が描かれている。デトロイト側には工場、高層ビル群、立ち上る煙がある。生と死の自然のサイクルを覆い隠す工業都市だ。

デトロイトで暮らしているあいだにフリーダは身ごもった。一九三二年から五一年にかけてさかんに連絡を取り合っていた前主治医のレオ・エレッサーに宛てた手紙で、妊娠について書いている。そこからは、妊娠と出産は危険ではないかと不安がっている様子が読み取れる。一〇代で遭遇した有名な路面電車の事故によってフリーダの骨盤は砕かれ、子宮にも損傷を負っていた。手紙によれば、デトロイトの医師から「流産を促すキニーネと濃いひまし油を処方された」。しかし流産には至らず、さらに主治医から堕胎手術を拒まれ、あとは危険を伴う妊娠を継続して出産するしかなくなった。フリーダはデトロイトの主治医に手紙を書いてほしいとエレッサーに懇願している。「堕胎手術は違法であるせいでひるんでいるか何かだと思います。このまま日にちがたつと、手術はできなくなってしまいます」この哀訴にエレッサーがどのように返事をしたのかはわからない。しかし二カ月後、フリーダは突然の痛みに襲われて流産した。

この経験ののちに描かれた作品『ヘンリー・フォード病院（ラ・カーマ・ボランド）』では、フリーダは全裸で病院のベッドに横たわっている。シーツは血まみれだ。その周囲を浮遊する物体は、赤いリボンでできたへその緒でフリーダとつながっている。男の胎児（フリーダの子）、医療器具、カタツムリやランの花などのシンボル。かなたにデトロイトの工業地域の味気ない街並みが横たわっている。デトロイトを心底嫌悪し、悲しい出来事に見舞われたのもデトロイトだったにもかかわらず、彼女が「自画像を描こう、誰にも明かせぬ痛みを絵で表現しようと初めて意識的に決意したのは」デトロイトでのことだったと美術史研究家のビクター・ザマジオ・テイラーは分析している。

　フリーダ・カーロの絵画や手紙は、「すべては神の思し召し」式の陳腐な言葉の海で漂流していたサラの心を癒やした。サラはフリーダに、自分と同じように我が子と自分の体のために苦しい選択を迫られたメキシコ人女性を見出したのだ。フリーダは自分の肉体や深い悲しみを堂々と絵画に表現し、痛みや心の混乱を芸術に昇華させた。

　サラの息子が亡くなったのは二〇一三年七月だった。同じ年の一一月、サラと、サラのパートナーでやはりメキシコ系アメリカ人のルーベンは、死者の日にタイミングを合わせてメキシコに渡った。

「死を〝見る〟つもりはなかったわ。観光に行ったわけではないの」とサラは言った。「私たちは毎日を死とともに過ごしていたから」

　死者に捧げるための手の込んだ祭壇、街や民家の軒先にあふれる髑髏や骸骨の飾り。心は激しく揺さぶられたが、同時に、カリフォルニアではどこを探しても見つからなかった平穏も感じた。

「メキシコに来たとたん、ああ、ここで存分に悲しめばいいんだと思った。ここなら受け止めてもらえる。周囲の人たちに居心地の悪い思いをさせずにすむ。ここなら身構えずにすむ」

二人の訪問先の一つは、メキシコ中部のグアナフアトだった。ミイラ博物館があることで有名な街だ。一九世紀の終わりごろ、公営墓地に〝無期限で〟埋葬されている死体には墓税がかけられていた。税が徴収できないまま一定期間が過ぎると、その区画を新しい死者に譲るべく、死体が掘り返された。あるとき、そういった事情で発掘が行われた際、市当局は愕然とする。土中から現れたのは骨ではなく「グロテスクなポーズと表情をしたミイラ」だったからだ。土壌に含まれる化学成分とグアナフアトの気候の相乗効果で、自然にミイラ化していたのだ。

それから六〇年ほどのあいだに、何体ものミイラが掘り返された。状態があまり良くないものは火葬し、よくできたミイラは市立のミイラ博物館に展示した。

作家のレイ・ブラッドベリは、一九七〇年代後半にこのミイラ博物館を訪れ、その経験をもとに短文を書いてこう付け加えている。「あそこで見たものは心に深い傷と恐怖を残し、私は一刻も早くメキシコから逃げ出したくなった。何度も悪夢を見た。自分が死に、立てかけられてワイヤで固定された死体がずらりと並んだあの展示室から出られなくなった夢だ」

人間によって意図的に保存処理を施されたわけではなく、環境によって自然に作られたものであるため、博物館に展示されているミイラの多くは口を大きく開いていて、腕や首はねじれている。人は死ぬと〝一次弛緩〟の状態に戻る——全身のあらゆる筋肉が弛緩した結果、顎がゆるんで口が開き、まぶたは張りを失い、関節はどこまでも柔軟になる。命を失った肉体は、一つにまとまっていようとしない。生者のルールから解放されるのだ。グアナファアトの博物館に並んだミイラが目を背けたくなるようなポーズや表情を見せているのは、ミスター・ブラッドベリを〝震え上がらせる〟ためではない。死後に起きる生物学的変化の結果だ。いまも当時と同じように展示されているミイラを目の当たりにして、サラはレイ・ブラッドベリのように恐怖におののくことはなかった。展示室のほの暗い一角で足を止め、そこに展示されていた、白い服を着てベルベット地の布に横たえられた女の赤ちゃんのミイラに見入った。

「光の輪に取り巻かれていて、まるで天使だった。その子を見た瞬間、大げさではなく、このまま永遠にここに立ってこの子を見ていたいと思った」

サラが静かに泣いていることに別の女性が気づいてティッシュを差し出し、黙ってサラの腕をそっと支えた。

博物館に展示されているほかの幼い子供のミイラには、笏《しゃく》や王冠などの小物が添えられている。これらのミイラは小さな天使《アンヘリート》と呼ばれている。メキシコや南米の国々では二〇世紀なかばにさしかかるまで、死んだ赤ん坊や幼い子供はスピリチュアルな存在と見なされ、神に拝謁できる者として聖人に近い扱いをされていた。罪を犯したことのないアンヘリートは家族に神の恩恵をもたらすことができる。

遺体を洗い清め、小さな聖人の衣装を着せ、周囲を蠟燭や花で飾るのは代母の役目だ。母親が遺体と対面するのはこのとき——身支度をすませ、悲しみという重荷から解放されて天使に変わり、神の右に座する用意ができてからだ。

友人や親族がパーティに招かれる。死者に敬意を示すためだけでなく、アンヘリートによい印象を与えて引き立てを受けるためだ。なぜって、この時点でもう、アンヘリートには大きな霊力が備わっているのだから。ほかの子供たちが担ぎ手として先頭に立ち、おとなたちがその後ろに列を作って、遺体をパーティからパーティへと連れ歩くこともあった。華やかな会場でアンヘリートの写真が撮影されたり、絵が描かれたりすることも少なくなかった。

サラは聖人や死後の生の存在を信じていないが、それでも、幼い子供の死がなかったことにされていない様子に心を動かされた。

「あの子供たちは、とても特別な存在として扱われていた。その子のためだけに何かをした人たちがいるのよ」サラは言った。

パーティ、絵画、ゲーム。そして何より、その子を弔うための手順がりっぱに存在した——果てなく続く孤独な沈黙にただ耐えるのではなく、具体的にやれることがあったのだ。

毎年一一月一日の夜、この世とあの世を隔てる境界線は消えかけてほころび、霊がそれを越えてこちら側にやってくる。ミチョアカン州の小さな街サンタ・フェ・デ・ラ・ラグーナの玉石敷きの通りでは、年老いた女性たちがパン・デ・ムエルトと新鮮な果物を抱えて行き来し、この一年に家族を亡くした人の家を訪ねて回る。

私は鮮やかなオレンジ色のマリーゴールドの花が飾られた入口をくぐった。ドアの上に二六歳の若さで世を去ったホルへの遺影が飾られていた。写真のホルへは、野球帽を後ろ前にかぶっている。背後にいろんなバンドのポスターが並んでいた。「スリップノット？　それはちょっと趣味が悪い気がするんだけど、ホルへ」私は心のなかでつぶやいた。音楽の趣味だけを見て、死んだ人をどうこう言うのはいけないことかもしれないけれど。「あ、でもミスフィッツもあるわね！　それはいいセンス」

玄関を入ってすぐのところに三段構えの祭壇《オフレンダ》がある。その日の夜、ホルへがこの家に帰ってきてくれるようにという願いを込めて、家族や友人が持ち寄った品物が並んでいた。ホルへはこの年に亡くなったばかりだからこうして自宅にオフレンダがあるけれど、次の年からは、墓地のホルへのお墓に供物を捧げることになる。家族が墓に通い、生者の世界を訪れてくれるよう供え物をしているかぎり、ホルへは毎年帰ってくるはずだ。

オフレンダのすぐ手前にコーパルのお香が入った黒い聖餐杯が置かれ、強い香りが家中に漂っていた。高さ一メートルくらいありそうな果物やパンの山には蠟燭やマリーゴールドの飾りが添えられている。街の人たちが次々と立ち寄って供物を置いていくだろうから、山は夜までにもっと大きくなるだろう。この世に帰ってくるのは息を吹き返した死体ではない。ホルへの霊魂だ。霊魂だけが現れて飛び回り、供えられたバナナやパンを食べる。

オフレンダの真ん中に、ホルへのお気に入りだった悲しげな顔のピエロのイラストと〝Joker〟の文字がプリントされた白いTシャツがあった。ペプシのボトルもホルへの帰りを待っていた（この〝寄せ餌〟は理解できる——これを言ったら不気味がられるかもしれないけれど、私だってダイエット・コークを供えられたら、それにつられてあの世から戻ってくると思うから）。さらに上に目を向けると、ほかのものに比べると伝統的キリスト教寄りの絵が何枚か並んでいた。聖母マリア像が何枚かと、やけに血まみれのキリスト磔刑図《たっけいず》。天井からは、色とりどりの紙を切り抜いて作った、自転車に乗るガイコツがぶら下がっていた。

ホルへの家族や親戚が十数人、オフレンダの周りに集まり、これから夜遅くにかけて訪れる人々をもてなす準備をしていた。その足もとで、きらきら光るプリンセスドレスを着たよちよち歩きの子供が走り回っている。子供たちの顔にはガイコツの貴婦人のペイントがされていた。おとなたちからお菓子をもらうための小さなカボチャを抱えている。

サラはお菓子を詰めた袋をちゃんと用意してきていた。噂は足が速く、サラはたちまちガイコツの貴婦人カトリーナ風の顔をし、なかでキャンドルの炎が揺れているカボチャを抱えた子供たちに囲まれていた。「セニョリータ！　セニョリータ、ありがとう《グラシアス》！」サラはしゃがんで子供たちと視線を合わせ、かつて小学校の先生をしていた人らしい穏やかで愛情に満ちた物腰でお菓子を配った。「私が担任したクラスでは、毎年、死者の日になると、こういうカボチャのキャンドルホルダーを作ってたの。でもある年にボヤ騒ぎを起こしてしまってね、学校から禁止されちゃった」サラは苦笑いしながら言った。

サンタ・フェ・デ・ラ・ラグーナは、ピラミッドに似た独特の形をした建造物や貴重なハチドリの羽毛で作るモザイク画で知られる先住民族、プレペチャの人々の居住地だ。一五二五年、天然痘の流行により人口が激減し、また無敵のアステカ族がすでにスペインに屈したことを知ったプレペチャ族の首長は、スペインに忠誠を誓った。現在、この地域の学校では、プレペチャ語とスペイン語の二つの言語で授業が行われている。

今日、死者を歓迎する要素――音楽、お香、花、食物――の多くは、一六世紀のスペインによる征服より前から先住の人々のあいだで使われていたものだ。征服期《コンキスタ》（一六世紀から一九世紀にかけてスペインの植民地だった時代）のドミニコ会修道士が書き残した文書によると、先住の人々は万聖節や万霊節といったカトリックの祝祭を喜んで受け入れたという。死者を偲んで行われる先祖伝来の祝祭の隠れ蓑にぴったりだったからだ。

それから数百年、旧来の風習を根絶しようという試みが繰り返された。「そういった風習は、社会生活から排除したいと望む上流の優れた人々にとって、とにもかくにも身の毛のよだつものだった」一七六六年、王立警察は先住民族が家族の墓に集まることを禁止し、死者との絆を無情に断ち切った。しかし、風習とはえてしてそういうものだが、この習わしもやはり、禁止されてもなお道を見つけて生き延びた。

サンタ・フェ・デ・ラ・ラグーナのある民家には、プレペチャ語の看板が掲げられていた

――〝お帰りなさい、コルネリオおじいちゃん〟。コルネリオの祭壇は、一室を占領していた。私は高く大きくなりつつある供物の山のてっぺんにバナナとオレンジを載せた。すると一家の年長の女性たちがすっ飛んできて、湯気の立つボウルを差し出した。ポソレという濃厚なスープや、アトレというトウモロコシとシナモンとチョコレートで作った飲み物が入っていた。家族にとって、このお祭りは一方的に供え物を受け取るだけのものではない。地域のコミュニティと好意をやりとりする日でもあるのだ。

祭壇が置かれた部屋の隅から、等身大の人形で再現されたコルネリオおじいちゃんその人が一部始終を見守っていた。折りたたみ椅子に座り、ポンチョを着て、黒いハイカットスニーカーを履き、白いカウボーイハットを目深にかぶったコルネリオ人形は、ランチ後のうたた寝中といった風情だった。

祭壇の中央に額入りのコルネリオの写真があった。人形と同じように白いカウボーイハットを頭に載せている。十字架からはお約束の頭蓋骨《カラベラ》――鮮やかな色をつけたドクロ形の砂糖菓子――がぶら下がっている。ほかに……ベーグルも。「サラ、祭壇にベーグルを吊すのってふつうなの?」私は尋ねた。

「ふつうよ」サラは答えた。「このあともあちこちで見かけると思う」

民家を何軒か訪ねて供え物をしたあと、私はどの祭壇に一番心を揺さぶられたかとサラに訊いた。「祭壇より、子供たちと触れ合えたのが何より楽しかったかな」サラはそう言って、スーパーマンのケープを着け、カボチャのバケツを抱えて危なっかしく近づいてくる三つか四つくらいの男の子に視線を向けた。「うれしいような、悲しいような。もし生きていたら、息子はちょうどあのくらいの年ごろだろうから」小さなスーパーマンはおずおずと微笑み、お菓子を入れるバケツを差し出した。

私たちは旅を続け、ミチョアカン州南部のツィンツゥンツァンに来た。死者の日には、町中がにぎやかなお祭り会場と化す。大きな金串に刺した豚肉や牛肉のグリル料理の屋台が並び、商店の軒先のスピーカーから音楽が大音量で流れ、子供たちが通りで爆竹を鳴らす。町はずれのなだらかな丘を上っていくと、市の墓地がある。

一一月一日の夜の墓地は、そこを訪れる者の目を開かせる。何千、何万ものキャンドルの炎が墓地を明るく照らしていた。住民は、帰ってくる死者を迎える準備と貯金を一年前から始める。小さな男の子が一人、おばあちゃんの墓の前にいて、何百本もあるキャンドルの炎が消えてしまうたびに火をともしたり、新しいキャンドルに取り替えたりしていた。キャンドルの柔らかな光とマリーゴールドやお香の香りに包まれて、お墓のあいだをゆっくりと漂うもやが黄金色の輝きを帯びた。

この何年か、アメリカの都市でも死者の日を祝うイベントが行われるようになってきた。ハリウッド・フォーエヴァー墓地で開かれる盛大な祝祭もそのうちの一つ。ハリウッド・フォーエヴァー墓地はロサンゼルスにある私の葬儀社からほんの数分の距離にあり、私も何度かイベントに参加したことがある。ハリウッド・フォーエヴァー墓地のイベントは、規模と華やかさは文句なく素晴らしいが、心や感情へのインパクトではツィンツゥンツァンのお祭りの足もとにも及ばない。ツィンツゥンツァンの墓地にいると安心できる。光に包まれて鼓動する心臓の中心にいるかのようだ。

墓のコンクリートの台座の上にバスケットがいくつも置いてあるのは、この世に戻ってきた死者が供え物をそこに入れて持って帰れるようにという配慮だ。墓地に集まる家族が暖を取れるよう、小さな焚き火があちこちで炎を上げている。トロンボーン、トランペット、ドラム、巨大なチューバという構成の楽隊が墓から墓へと巡りながら、無教養な私の耳にはマリアッチと大学の応援歌をマッシュアップしたランチェラといった感じに聴こえる曲を演奏していた。

サラは、わずか一歳で亡くなったマルコ・アントニオ・バリーガのお墓の前で足を止めた。写真のなかのマルコの頭上をハトが一羽飛んでいる。お墓は高さ二メートルほどもあって、まるで要塞だ。その大きさに両親の悲しみの深さが表れているようだった。マルコが亡くなってもう二〇年がたつが、いまもお墓を埋め尽くすほどのキャンドルや花が飾られていた。子供を失った悲しみは、どれほど歳月が経過してもやはり癒えることはない。

メキシコに来る前、サラが子供を亡くしたことだけは私も知っていた。でも、どんな事情があったのかまでは知らなかった。ホテルの部屋で二人きりになったとき、サラが胸のつぶれるような真実を明かしてくれた。

初めての超音波検査のとき、担当した技術者はほがらかにおしゃべりをしながらサラのおなかに検査用プローブを当てた。次の瞬間、ぴたりとおしゃべりをやめた。「先生を呼んできます」

二軒目の病院の超音波検査技術者は、驚くほど無神経だった。「ああ、この足は湾曲してるわね。この手には指が三本。こっちには四本。心臓の発育が遅れています。あ、見て――よかった、目はちゃんと二つありますよ。一つしかないことのほうが多いんですけど」それから、とどめを刺すようにこう言った。「この妊娠は継続が難しいでしょうね」

サラの赤ちゃんは、13トリソミー症候群と診断された。珍しい染色体異常症で、知的障害と身体的異常の原因になる。出産に至っても、ほとんどの赤ちゃんは数日しか生きられない。

三軒目の医師はサラにこう話した。「あなたが私の妻だったら、今回の赤ちゃんはあきらめようと言います」

四軒目の医師は残酷な選択肢を二つ提示した。一つは、病院で陣痛を誘発すること。出産した赤ちゃんは子宮外でほんの短時間なら生存できるだろうが、そのあと死んでしまう。もう一つの選択肢は、妊娠中絶だった。「ロサンゼルスの医師を紹介します。この週数での中絶手術はふつうならしませんが、私からその医師に連絡しておきます」

この時点で、サラは妊娠六カ月近くになっていた。手術の予約をした。胎児との絆を断ち切って気持ちを手術に向かわせようとしたが、おなかの子が元気に動いているのがわかる。サラはその子を取り上げられたくないと思った。

「異物だなんて思えなかった。やっぱり私の子だもの」

週数が進んでからの手術だったため、三日に分けて三つの処置が必要だった。当日、クリニックの前には中絶反対派の人々が集まっていて、サラとルーベンの通り道をふさいだ。

「そのなかに一人、とても攻撃的な人がいて、何度も〝人殺し〟って罵られたわ。私は我慢できなくなって、その人に近づいていって鼻先でこう叫んだ。〝赤ちゃんはもう死んでるのよ！　よくもそんなことが言えるわね！〟」

待合室で一時間ほど待っているあいだも、外の抗議の声がかすかに聞こえてきた。

「おなかの子はもう死んでるって言ってた人、聞こえる？　あなたの間違いはまだ正してあげられるわよ！」

その三日間はサラとルーベンの人生最悪の経験となった。手術前にもう一度だけ超音波検査が必要だった。サラはモニターから顔をそむけていたが、ルーベンは、赤ん坊がバイバイと告げるように手を動かすのを見たという。

別の病室から、望まぬ妊娠に悩んで自殺未遂をした若い女性の絞り出すような泣き声が聞こえていた。「子供なんかいらない！　いらないんだってば！」その女性は叫んでいた。

「慰めたかった。その子を代わりに引き取ると言いたかった。でも思ったのよ、赤ちゃんなら誰でもいいわけじゃないって。この子じゃなきゃだめ、私の子を産みたいのよって」

最終日、クリニックの全スタッフが手術室に集まり、今回のことを心から残念に思っている、みな全力で術後の看護をするつもりでいるとサラに伝えた。

「あのときほど人間の優しさを感じたことはなかった」サラは言った。「私にとっては死と結びついた場所だったけれど」

それから三年以上が過ぎてもなお、体のなかにずっと碇《いかり》があるかのように息子の死の重みを感じ続けている。ツィンツゥンツァンの墓地を訪れたその晩、サラは長いあいだ赤ん坊のマルコの写真を見つめていた。パートナーのルーベンはその背中を優しい手でそっとなでていた。やがてサラが沈黙を破った。

「親になると、子供を見せびらかしたいものよね。誇らしくてたまらないから。でも子供が死んでしまうと、その機会が奪われる。だからこういう形でチャンスを取り返すんだと思う。自分の子を変わらず愛している、いまもその子を誇りに思っていると示す機会を」

赤ちゃんを亡くしたとき、サラが感じたのは誇りではなかった。その正反対のものだった。〝尊厳〟を保ち、悲しみを表に出さずにいてくれ、自分が悲しいからといって周囲を巻きこまないでくれというプレッシャーを感じた。

欧米の葬儀社は〝尊厳〟という言葉を好む。アメリカ最大の葬儀社に至っては〝尊厳〟を商標登録までしている。この場合の尊厳が意味するものはたいがい、沈黙と、とってつけたような沈着さ、そして融通の利かない形式だ。通夜はきっかり二時間。葬列を組んで墓地に移動し、遺族は棺がまだ地中に下ろされてもいないうちから墓地を離れるよう誘導される。

ツィンツゥンツァンの墓地で、幼くして死んだ子供たちの墓をいくつも見つけた。そのなかにアドリエル・テラス・デ・ラ・クルスの墓があった。ちょうどサラの出産予定だった日に生まれた子だが、生後一週間ほどで亡くなっている。お墓のそばに両親が座っていた。お母さんは女の赤ちゃんを抱いていて、お墓のそばにもう少し大きな男の子が毛布にくるまれてぐっすり眠っていた。

そっくりそのまま持ちこむにせよ、何らかのアレンジを加えるにせよ、死者の日の風習をアメリカに取り入れたら、人々の心は癒やされるのではないかとクラウディオ・ロムニッツは書いている。メキシコ人には「癒やしの力がある。その力は、アメリカを苦しめている慢性病と言えるものをも治すことだろう。死を否定するという病……そして悲しみに暮れる遺族に寄り添うどころか、孤独の檻に閉じこめて見て見ぬふりをするという病を」

メキシコ滞在の最終日、私たちはメキシコシティに戻り、有名な〝青の家《ラ・カーサ・アズール》〟、フリーダ・カーロの生家を訪ねた。フリーダはこの家で生まれ、この家で四七歳のとき死んだ。

「異様だし奇妙な話でもあるけれど、この家には感謝を捧げに来たようなもの」サラは言った。「フリーダのおかげで救われたから。〝青の家〟は聖地よ」

「ほとんどの母親は多少なりとも不安を抱くと思うの。子供が生まれたら、どこにも行けず、何もできなくなるんじゃないかって」サラは続けた。「私は自分にできることをいつも意識しながら暮らしてる。小さな子供がいないおかげで、好きなところに旅行に行けるわ。こうして聖地を訪れることもできる。自分の時間だってたっぷり持てる。私は大きすぎる代償と引き換えにその時間を手に入れた。そう考えるとなおさら、一刻も無駄にできない」

ラ・カーサ・アズールには、フリーダ・カーロの未完の絵画『フリーダと帝王切開』が展示されている。月満ちて生まれた赤ん坊、そのとなりに腹部を切り開かれたフリーダ。サラはその絵を見て息をのんだ。「ここに展示されている作品の本物を見るのはこれが初めて。ネット上で友達になった人と初めてリアルで顔を合わせたみたいな気分よ。すごく感動的」

子供を産むことに関してフリーダ・カーロが実際にはどう考えていたのか、本当の気持ちが明らかになることはないかもしれない。数ある伝記のなかには、フリーダが持つ聖女のイメージを守りたいからか、中絶手術を受けたとは書かず、本人は産みたかったのに、何度妊娠しても〝流産〟してしまって打ちのめされたとしているものもある。一方で、フリーダは子供をほしがっておらず、〝体が弱い〟ことを言い訳にして、子供を産むのが当然という文化的な重圧から逃れようとしたとする伝記もある。

二階に残されているフリーダのこぢんまりとした寝室に、遺灰の入ったコロンブス到来以前の時代の壺がある。本人が使っていたシングルベッドにはフリーダのデスマスクが置いてあって、この部屋でフリーダは血を流し、死んだという陰鬱《いんうつ》な事実を見る者に突きつけてくる。ベッドの上に、フリーダは死んだ赤ん坊を描いた絵を飾っていた。白い服を着て花輪を頭に載せ、サテン地のクッションに横たわっている赤ん坊――アンヘリートの絵を。

アメリカ・ノースカロライナ州カロウィー

死体で肥料を作る研究

コククジラは並外れて大きな体を持つ。体長一五メートル、体重は三六トンに及ぶ。力強い尾は幅三メートルにも達する。カリフォルニア沿岸から十数キロの沖合で、一頭のコククジラが海面に顔を出し、最後の息を弱々しく吐き出した。六五年の歳月を経てこの美しい生き物に死が訪れ、その巨大な体は力なく海に浮かぶ。

すぐに海中に沈んでいくクジラもいるが、この一頭はもうしばらく海面近くを漂う。命を失った体の内側では、筋肉などの組織やタンパク質が腐敗し、内臓は液化する。ガスもたまっていく。脂肪がたっぷりついた外皮をガスが膨らませ、コククジラはおぞましい風船に変わる。体のどこか一点をぷすりと刺して穴を開けたら、ガスの圧力に押されて、なかでぐちゃぐちゃに溶けた組織や内臓が数メートルの高さまで噴き上がるだろう。それでもまだコククジラの皮膚は原形を保つ。ガスは少しずつ抜けていく。かつてクジラだった風船はしぼみ、海底めざしてゆっくりと沈み始める。下へ、下へと千数百メートルも沈んでいって、ようやく柔らかな底が見えてくる。

漸深層《ぜんしんそう》と呼ばれるこの深さでは、海は冷たくて真っ暗だ。太陽の光はまったく届かない。私たちのコククジラがここに沈んだのは、冷たく静かで暗い海底に横たわって〝安らかに眠る〟ためではない。死骸はこれから数十年も盛大に続く宴会の会場になるのだ。海洋科学の世界では鯨骨生物群集と呼ばれるこのプロセスは、死骸を中心とした閉鎖生態系を作り出す。たとえるなら、原始時代から海の底で生き続けている宇宙人じみたルックスの生き物たちが集う、期間限定レストランの開店だ。

宴会場に最初にやってくるのは、死骸の臭いを鋭く嗅ぎつけた移動性の腐食生物。深海の住人らしく、みな奇怪な姿をしている——オンデンザメ、ヌタウナギ（英語の hagfish は、不似合いなネーミングだ。魚〈fish〉というより、ぬるぬるしたウナギ〈eel〉に近い外見をしているのだから）、カニ類、ギンザメ。彼らは腐敗した肉に食らいつき、一日に最大六〇キログラムほどを消費する。

大量の有機物がすっかりむしり取られてしまうと、ふだんは寒々としている海底がにわかに生物のホットスポットになる。軟体動物や甲殻類が陣を張る。深海に海洋虫が大量に発生して、どろりとした赤い霧のようにクジラの骨を覆う。その密度は一平方メートルあたり四万五〇〇〇にも及ぶ。これらの海洋虫の属名はオセダックスといい、これは〝骨をむさぼる者〟という意味のラテン語だ。名前のとおり、この目も口も持たない海洋虫は、骨にもぐりこんで内部の油や脂肪を食べる。近年の海中探査により、鯨骨生物群集で見つかる硫黄還元細菌は、深海の熱水噴出孔で見つかるものと酷似していることが判明した。

　クジラが沈んだ周辺一帯は、『美女と野獣』の曲『おもてなし』が何十年も繰り返されるような、さまざまな生物がクジラを〝一皿ずつ、一口ずつ〟食べ尽くしていく祝賀会になる。死してなお他者に貢献するこのクジラは、賢明で美しいプロセスの一部だ。命をまっとうした動物が、命あるほかの生物のために自分の肉体を差し出す。「この灰色のものもお試しあれ、美味ですよ（『おもてなし』の歌詞）」。コククジラ《グレーホエール》はそう誘っているかのようだ。要するにこのクジラは、利用価値の高い死民なのだ。

　念のため書き添えておくと、科学はまだ、クジラたちの側がこの事態をどうとらえているかを突き止めていない。もし可能なら、彼らは鯨骨生物群集をパスし、珊瑚礁に囲まれた難攻不落の要塞に自分の死骸を大事にしまいこもうとするだろうか。それなら安心して死の眠りにつけるだろう。けれどその要塞は、貴重な栄養分をほかの生物が利用する機会を奪うことになる——死んだクジラ当人にはもう使い道がないものなのに。

　クジラたちは、生まれてから死ぬまでのあいだずっと周辺環境に貢献し続けている。主食は魚やオキアミだ。人間は昔から「クジラの生息数の減少＝人間が利用できる魚やオキアミの増加」と信じてきた。商業捕鯨により、二〇世紀の一〇〇年間だけで三〇〇万とも言われる頭数のクジラが捕獲されたが、この等式がそれを正当化した。

ところが実際には、クジラが減ったからといって魚が増えるわけではない。クジラは餌を求めて海のとても深いところまで潜る。しかし、呼吸のためには海面に浮上しなくてはならない。このタイミングで豪快に排泄する（そのとおり——うんちをする。クジラはうんちを海面に豪快に撒き散らすのだ）。クジラの排泄物には鉄分と窒素が豊富に含まれ、それが雨のように海の底に降り注いでプランクトンに栄養を与え、その結果——もうおわかりですね——プランクトンを主食とする魚やオキアミの数が増える。クジラは生きているあいだずっとこのサイクルに貢献し、死んでからもまた似たような貢献をするのだ。

あなたもいま、とっさにこう思ったのではないか——自分も死んだあと何らかの貢献をしたいと。そうでなければ、お決まりのせりふを聞く機会が増えてきている理由を説明できない。「私が死んだら、大騒ぎしないで。そのへんに穴を掘って埋めてくれれば、それでいいから」

これはたしかに賢明なリクエストだ。死んだら土に還るというのは、お金も最低限しかかからないし、もっとも〝グリーン〟な選択だろう。生きているあいだに食物として摂取した植物や動物は、土によって育まれ、栄養を与えられているのだから。

広さ一エーカー分（およそ四〇四六平方メートル）の土壌には、最大で一トンの菌類、七〇〇キログラムのバクテリア、四五〇キログラムのミミズ、四〇〇キログラムの節足動物と藻類、六〇キログラムの原虫類が含まれる。土は生命で満ちあふれているのだ。同じことは人間の死体にも当てはまる（ソーセージの皮のように中身を保っている角質は死ぬにせよ、ソーセージの内側には生命が詰まっている）。死体を深さ一メートルほどの土中に埋めただけで、顕微鏡でしか確認できない小さな魔法が始まる。体内に棲む何兆億個ものバクテリアが内臓を液体に変える。内部の圧力が高まって限界に達したところで皮膚が破れ、ごちそうの周囲で盛大なパーティが始まって、死体はやがて土に変わる。

人間が生きているのは、土があるおかげだ。樹木医のウィリアム・ブライアント・ローガンが書いたように、「我々は、肉体を提供する程度では返しきれないほどの恩恵を受けている」。そうであっても、たぶん、初めの一歩にはなるだろう。

「ねえ、カトリーナ。いましてること、あなたならどう説明する？」

カトリーナはちょっと考えてから答えた。「実験の段取りを整えてる段階」

「実験って？」

「ちょっと待って、〝実験〟はまずいかな。悪の科学者《マッドサイエンティスト》じみて聞こえるよね」

「実験を言い換えるなら？」

「土まんじゅうを作る準備をしてるところ。うーん、これもだめか。同じくらい不気味。困ったな」

私は待った。

「土まんじゅうのレシピに微調整を加えているところ、かな」カトリーナはそう言ったが、完全に納得したわけではなさそうだ。

あなたがカトリーナ・スペードだったら、口に出す前に言葉を慎重に吟味する必要がある。『ニューヨーク・タイムズ』紙の表現を借りれば、カトリーナは「人間の死体から堆肥《たいひ》を作る」プロジェクトの先頭に立っているのだから。これは危ういキャッチフレーズだ。環境に優しい画期的な葬送の実現を追求しているのに、映画『ソイレント・グリーン』的ないかがわしい研究をしていると世間に受け取られかねない。

カトリーナと私は、アパラチア地方南部の曲がりくねった山道を車で登り、テネシー州とノースカロライナ州の境界線にまたがるブルーリッジ山脈へ向かった。アメリカのどこの地域とも変わらず、ここにも現代葬儀業界が入りこみ、従来の葬送の様式や実務に取って代わっている。ただ、地理的に隔絶されていること、宗教、貧困が理由となって、ほかの地域に比べて商業化された葬送の浸透には時間がかかった。

一本道を走り、ゲート前で車を停めた。ドクター・シェリル・ジョンストン――学生からは〝ドクター・J〟と呼ばれている――は先に来ていた。手伝いの学部学生も何人かいる。

ドクター・Jは、ウェスタンカロライナ大学の法医骨学研究所（FOREST）の所長を務めている。一般に死体農場《ボディファーム》として知られている類似の研究施設について、耳にしたことがあるかもしれない。科学の発展のために提供された人間の死体を野外に放置し、腐敗の過程を観察して、法医学研究や警察機関の研修に役立てている施設だ。しかし、ドクター・Jが即座に指摘したように、〝死体農場〟という呼び名は誤りだ。「農場は食物を栽培する場所よね。私たちは死体を育てているわけではないわ。ここで何を作っているかを考えると、骸骨農場とでも呼ぶのが当たっているかもしれない」

すぐ近くに銀色の防水シートで覆われた土まんじゅうらしきものがいくつもあって、私はそれが気になってちらちら見ていた。だって――ドナーの死体をこんなところに置いてるの？　駐車場代わりの空き地に？　火葬場で働いていたころ、それはもうたくさんの死体を見てきたけれど、ほとんどは滅菌済みの白い台やストレッチャーに横たえられていて、怖いと感じたことは一度もない。でも、死体があるはずのない場所にあると、どうしていいかわからなくなるものだ。近所のスーパーで理科の先生を見かけたときに似ている。

「あれは違うわ」ひととおりの紹介がすむのを待って、ドクター・Jが言った。「人間ではないわよ。クロクマ。車に轢かれたの。天然資源庁が持ってくるのよ。多いと年に一五頭から二〇頭くらい。本当に真っ黒だから夜間に見分けがつきにくくて、車にぶつかられてしまうのね」

クマ《ベア》の埋葬《ベリアル》(略して"ベアリアル")は、学部生向けの予行演習になっている。クマが土中で朽ちて骨だけになると、分類して目印をつけ、骨を研究室に持ち帰って分析する。クマの処理ができるようになった学生から、人間相手の分析へと進む。人間の死体は駐車場ではなく(ひと安心!)、斜面に設けられた縦横二〇メートルほどの囲いのなかに安置されている。好奇心旺盛な動物たち——コヨーテ、クマ、酔っ払った大学生——の侵入を防ぐため、周囲にはレーザーワイヤーが張り巡らしてある。

急斜面を苦労して登り、南京錠のついた囲いのゲートに向かった。ドクター・Jがゲートを開けた。なかに入っても、刺激臭が鼻を突いたり、不気味な死の気配が襲いかかってきたりはしなかった。驚いたことに、ノースカロライナ州の山奥に設けられたこの死体専用の小さな一角は、絵葉書のように美しい場所だった。木漏れ日が射し、豊かに茂った低木を揺らめかせている。この日の時点では、一五の死体がここで眠っていた。三体は地中で、一二体は地表で。

紫色の水玉模様のパジャマを着た女性の遺骨が散乱してしまっていた。春の嵐が降らせた雨で流されたのだ。頭骨が大腿骨のとなりに転がっている。その数メートル先には男性の死体があった。わりあい最近亡くなった人のようで、口を限界まで大きく開けているが、膜のように薄っぺらな皮膚に引き留められて、下顎はかろうじてはずれずにすんでいた。その男性に近づいて顔を近づければ、琥珀色の髭が皮膚から突き出ているのが確かめられるだろう。

カトリーナが斜面のもっと上のほうを指し示す。手足を広げた骸骨が横たわっていた。「私が数カ月前に来たとき、あの人はまだ口髭を生やしてたし、静脈が透けて大理石みたいに見える、ものすごくきれいな肌をしてた。臭いは褒められたものじゃなかったけどね」そう言ってから、すぐ目の前に本人がいることを思い出したのだろう、カトリーナは死体に向かって謝った。「ごめんなさい。だけど本当のことだから」

人間の死体で堆肥を作ろうとカトリーナが思いついたのは、建築学の修士論文に取り組んでいるときだった。ほかの学生がレム・コールハースやフランク・ゲーリーの作品を模倣している横で、カトリーナは〝都会人のための永眠の場〟の設計に没頭した。現代の大都市の死者たちこそ、自分の将来のクライアントだと思い定めたのだ。コンクリートジャングルで快適に暮らしているが、死んだら自然のなかで――〝肉が土になる場所〟で眠りたいと考えている人々だ。

〝土に還りたい〟という根源的な欲求に訴えかけるなら、ふつうは自然葬墓地、環境に優しい墓地、エンバーミングも棺もコンクリートの分厚い覆いもなく、地面に掘った穴にただ死体を埋葬するだけの墓地を作ろうとするものでは？　この疑問に対してカトリーナは、人口過密の都会では、開発が可能な広大な土地を死者に割り振れないだろうと答えた。たしかにそのとおりだ。だから、埋葬ではなく火葬市場の改革を狙うのだという。

カトリーナの論文が出発点となって、都市部向けの人間コンポスト・センターの基本設計を検討するアーバン・デス・プロジェクトが始動した。基本設計をもとに、北京からアムステルダムまで、各都市の事情に合わせて規模を変更できる仕様になっている。なめらかな軽量コンクリートでできたコンポスター部を取り巻くように設置されたスロープを伝い、遺族が故人を最上階へと運ぶ。屋上には炭素を多く含んだ混合物が敷いてあって、そこに浅く埋められた死体は四週間から六週間で（骨を含めて）土に還元される。

窒素を多く含む物質（たとえば生ごみ、刈り取った芝、あるいは……人間の死体）を炭素の含有量の多い物質（たとえばウッドチップやおがくず）の山に埋めると、堆肥化反応が起きる。微量の水分と酸素があれば、微生物やバクテリアによる有機組織の分解と放熱が始まる。ほやがて全体に熱が行き渡る。堆肥の山の内部温度はときに摂氏七〇度近くまで上昇する。ほとんどの病原菌が死滅する高温だ。炭素と窒素の比率が適当なら、分子が結合して、養分をたっぷり蓄えた土ができる。

「コンポスター内にある四週間から六週間のうちに、死体は人間ではなくなる」カトリーナはそう説明した。「分子が文字どおり別の分子に変わるの。死者は生まれ変わるわけ」分子の組み替えが行われることをヒントに、このプロセスに名前が与えられた――〝リコンポジション（分解生成）〟（そのものずばりの〝死体の堆肥化〟は、一般向けにはちょっとばかり刺激的すぎる）。リコンポジションが完了すると、遺族は土を回収して持ち帰ることができる。故人がたとえばガーデニング好きのお母さんだったなら、自宅の庭で新しい命を生み出せるわけだ。

　人間のリコンポジションは可能であると、カトリーナは九九パーセントの確信を持っている。プロジェクトのアドバイザーのリストには、土壌学者など錚々たる顔ぶれが並んでいて、その人たちは一〇〇パーセントの自信を持っていいだろうと考えている。だって、家畜の堆肥化は何年も前から成功裏に行われているのだから。体重四五〇キログラムの雄ウシを完全に分解できる化学的・生物学的プロセスが、体重八〇キログラムぽっちの人間を分解できないはずがない。それでもカトリーナは、本物の生きた（というか、本物の死んだ）人間を使った実験を通じてそれを証明しなくては、全員を納得させることはできないと考えていた。

　そこへドクター・ジョンストンとＦＯＲＥＳＴの研究施設が手を差し伸べた。ドクター・Ｊは人間の堆肥化というカトリーナの着想に関心を抱いたものの、即座に実験の計画に着手したわけではなかった。しかし偶然にも、学内のリサイクルプロジェクトからウッドチップの小山を譲られた。さらにその直後、施設に新しい献体を届けるという連絡も入った。そこでドクター・Ｊはカトリーナにメッセージを送った――「死体を入手。やってみる？」

　二〇一五年二月、その最初のドナー、七八歳で亡くなった女性（ここではジューン・コンポストという仮名で呼ぶ）がＦＯＲＥＳＴの斜面のふもとに盛ったウッドチップの山に横たえられた。ひと月後、二人目のドナー、ジューンより体の大きな男性（ここではジョン・コンポストという仮名で呼ぶ）が斜面のてっぺんに横たえられた。このときはアルファアルファとウッドチップを混ぜたものを盛って、さらに銀色の防水シートで被った。さほど込み入った実験ではない。二つの死体を使って確かめたいことはただ一つ――〝人の死体は堆肥化するのか〟だけだ。

今日、FORESTには世話をすべき新たな献体が増えることになっていて、一時間後に到着する予定になっていた。名前はフランク、週の初めに心臓発作で亡くなった六〇代の男性だ。本人が生前、死体を寄付する先として人間コンポストの実験場を指定していた。

「フランクの遺族は、ここがどういう研究施設か知っていて寄付してくれるんですか」私はドクター・ジョンストンに尋ねた。

「ええ、弟さんのボビーと何度か話をしてね」ドクター・Jは答えた。「ありのままを伝えたわ。〝気が進まなければ断ってください。その場合、フランクの遺体は通常の法医学研究に使われます〟って。でも遺族は、本人がそう望んでいたのだからとおっしゃるのよ。まあ、考えてみれば、寄付先としてうちみたいな研究施設を選択した時点で、どんな扱いにも耐える覚悟ができているということよね」

フランクを迎えるに当たり、私たちは見上げるばかりの巨大な山からマツとカエデのウッドチップをシャベルですくって容量二〇リットルのバケツに移し、それを斜面の上に何度も運び上げた。かなりきつい肉体労働だったけれど、カトリーナはひるまなかった。ちなみにカトリーナは背が高くて痩せていて、髪はベリーショートにしている。年齢は三〇代後半。

私の高校で人気があったサッカー選手にちょっと似ていた。カトリーナはバケツを持ち、軽やかな足取りで斜面を往復した。

　学生の一人、ブロンドの大柄な青年は、バケツを一度に四個——左右の手に二個ずつ持って運んでいた。

「ここの学生さん？」私は訊いた。

「そうです、マアム。法医人類学専攻の四年生です」南部独特ののんびりとした話しかただ。とっさに妙な意地が働いて、私は〝マアム〟（目上・年長の女性に対する丁寧な呼びかけ）と呼ばれたのは南部特有の礼儀作法の一環であって、寄る年波とは無関係に違いないと思いこむことにした。

　ノースカロライナ州の陽射しの下でウッドチップを運ぶのは（私はこの作業に果敢に挑んだことをぜひ付け加えておきたい）単なる力仕事としか感じられず、火葬の完了後に炉から灰を掻き出しているときに訪れる、無念無想の境地へ漂っていくような感覚に包まれることはなかった。

　午前一一時には、囲いのてっぺんに高さ六〇センチメートルほどのウッドチップの基本層ができていた。あとは自ら実験台に志願した男性、我らがフランクの到着を待つだけだ。それを見計らったように、青いバンが駐車場に入ってきた。男性が二人、降りてくる。ぴしりとアイロンのかかったカーキ色のスラックスを穿き、クロウ葬儀社のロゴが入った青いポロシャツを着ていた。親子で経営している葬儀社だそうで、白髪のほうがお父さん、金髪が息子さんだ。

ＦＯＲＥＳＴに来るのは二人とも初めてらしく、ドクター・ジョンストンは施設を案内するところから始めた。二人は困ったような顔をしていた。斜面にいくつもある盛り土を越え、低木の茂みを抜けて、フランクの遺体をてっぺんまで運ぶにはどうしたらいいか、無言で算段しているのがわかる。ドクター・Ｊに懸案を伝えたのはお父さんのミスター・クロウだった。「かなり大柄な人でしてね」

人はいろんな迷惑な場所で死ぬものだ（肘掛け椅子の上、バスタブや裏庭の物置小屋のなか、転げ落ちそうな急階段を上った先にある部屋など）。葬儀社の従業員はそういった場所から遺体を運び出すことには慣れているが、そういった場所へ遺体を運びこむのには慣れていない。葬儀に携わる者は、カオスから遺体を救い出して秩序を与える仕事に誇りを抱く。その逆ではない。

父クロウに、これほど奇妙な搬送依頼は珍しいのではと話を向けた。するとと父クロウは背後の私をちらりと振り返り、乾いた声でひとことだけ言った——「まあね」

ＦＯＲＥＳＴのほかの住人の安眠を妨げずにすむ安全確実なルートの検討が行われた。白骨化までの波乱の旅の途中で、ドナーの死体は雨水に流されかけたり、小動物にかじられたりする。ＦＯＲＥＳＴでは足を下ろす場所につねに注意していないと、迷子になった誰かの脚の骨を踏みつけてしまう。

クロウ親子は、鮮やかな青色をした病院の死体搬送袋に入ったままのフランクをストレッチャーに乗せ、それを押して入口ゲートまで行った。夏のノースカロライナ州の森のなか、緑色や茶色に囲まれていると、その派手なブルーはひときわ目立った。袋からぶら下がった識別タグには〝ウェスタンカロライナ大学——アーバン・デス・プロジェクト〟と書いてあった。カトリーナはタグを確かめ、口もとに小さな笑みを浮かべた。あとで理由を尋ねると、プロジェクト名がきちんと印字されているのを見たら、世の中に認められたような気がしてうれしくなったのだそうだ。

父クロウがドクター・ジョンストンと話をしていた。予想に反して「あんたら、こんな山奥でいったい何やってるんだって?」と訊く段階はとうに過ぎているらしく、「へえ、窒素の放出を速めるためにアルファルファを足しているのかね」と尋ねていた。父クロウは自分でも堆肥作りに取り組んでいるらしく、堆肥化のプロセスの細かな点まで熟知していた。自然葬を〝うちの客は絶対に望まないヒッピー神話〟と呼ぶような商業化された葬儀業界にあって、どちらかと言えば昔気質《かたぎ》の人と見えたのに、いくらか斬新すぎる発案に思いがけず理解を示してくれる葬儀ディレクターがいるとわかって、私は心強くなった。

カトリーナにとっては前途多難なことに、葬儀業界の説得以外にも課題は多い。人気ブロガーのマイク・アダムズ(ワクチン反対派、9・11テロ陰謀説論者、サンディフック小学校乱射事件〝でっちあげ〟説支持者でもある）が書いたカトリーナに関する記事は、フェイスブック上で一万一〇〇〇回近くシェアされた。アダムズは、リコンポジション・プロジェクトの唯一の目標は都市部の食料需要をまかなうことだろうと非難した。人間コンポストを礎《いしずえ》として形成される新たな世界秩序では、人間コンポストを安定して供給する必要が生じ、それが「高齢者を強制安楽死させて次々コンポスターに投入する」事態を招くことは間違いないだろうと決めつけた。アダムズの論によれば、このプロジェクトは「大量殺人を合法に隠蔽する手段として政府に利用されるだろう」。

カトリーナはパートナーと子供二人とともにシアトルで暮らし、環境保護活動に熱心に取り組んでいる人だ。カトリーナ本人を知っていれば、彼女が大量殺人を企むなど絶対にありえないと断言できるだろう。しかし広報の問題はどうしても残る。世の中には、死んだら土に還って養分となるのは当然のことと考える人もいれば、カトリーナが考えているようなことは堕落と狂気が進むところまで進んだ社会を象徴するものだ、と考える人も同じくらいの数、存在する。

まもなく、悪戦苦闘しながらフランクを斜面のてっぺんに運び上げる作業に取りかかった。足から先に行くか、それとも頭から行くか、最初の一歩はその議論だった。何気なく斜面のほうを振り返ると、上のほうから頭骨が一つこちらを見下ろし、私たち生きた人間の愚かさを冷めた目で眺めていた。

フランクはようやく（頭から先に）てっぺんに到着し、青い死体搬送袋のままウッドチップのベッドに横たえられ、ジッパーが開かれた。背が高くてがっしりした体格の男性だった。下着と靴下しか身につけていない。右脇腹を下にしてフランクを横に向かせ、体の下から死体搬送袋を慎重に抜き取った。ウッドチップの上にじかに横たわるフランク。もはや後戻りはできない。

フランクは白い山羊鬚を生やし、髪を肩まで伸ばしていた。画家の前でポーズを取るヌードモデルみたいに、左腕を優雅な感じで頭の上に投げ出している。魔術師、ヘビ、宗教的なシンボルなど、胴体と両腕にたくさんのタトゥーが入っていた。T-レックスも一頭、胸をギャロップで横切っていた。森の地面にあふれ出したカラフルなインクの洪水のようだった。

学生たちは追加のアルファルファを取りに斜面を下っていき、私は今日FORESTに来てから初めてカトリーナと二人きりになった。

フランクをじっと見つめるカトリーナの目は、縁が涙で濡れていた。

「この人は目的を持ってここに来たんだよね。望んでここに来た」

そこで言葉を切り、一つ大きく息を吸ってから続けた。

「感謝の気持ちで胸がいっぱいになっちゃって」

カトリーナは緑のアルファルファとウッドチップを両手ですくい、フランクの顔の上に広げた。最初に埋めるのは顔だ。

私も手伝った。毛布をしっかりと掛けるように、首から腕へと混合物を広げていく。「見て、ねぐらって感じじゃない？　すごく寝心地がよさそうだよね」カトリーナが言った。

それからカトリーナは口をつぐみ、自分を叱るようにつぶやいた。「あっと、ドクター・Jに叱られちゃう。ドナーに感情移入しちゃだめって言われてるでしょう。よしなさいよ、カトリーナ」

でも、本当にそうだろうか。だってこの日の朝、ドクター・ジョンストンから、FORESTを指定して献体した八〇代の男性の話を聞いたばかりだった。その男性が亡くなったあと、奥さんと娘さんが家族のトラックに遺体を積んでFORESTまで届けに来た。ドクターは二人に、斜面のどこに置きたいか選んでもらった。それからわずか半年後、今度は奥さんが亡くなった。奥さんからは、夫の近くで眠りたいという希望をあらかじめ伝えられていた。その遺志は尊重され、夫妻は生きていたころと同じように互いに寄り添いながら土に還った。それは死者を人として大いに尊重した結果ではないか。

この方針について、ドクター・Jに迷いはない。

「ここではドナーを〝ミスターだれそれ〟〝ミセスだれそれ〟って呼ぶことにしてるのよ。本名で呼ぶということ。それが当たり前だと思うから。遺体がその人であることに変わりはないでしょう。ほかの研究施設は別の方針を持っていて、ビジネスライクに距離を置くべきだって言うわ。それにはまったく同意できない。名前で呼んだほうが遺体が人間らしくなる。

一部の人には生前に会ってるしね。個人的に知ってるの。ドナーは人間なのよ」

ドクター・Jの考えかたは、献体の扱いそのものを変えようとしている新しい波とも一致する。ドナーを名前のない死体としてではなく、一人の人間として扱おうという動きだ。たとえばインディアナ大学医学部ノースウェスト校では、寄付された遺体を解剖学ラボの若い学生の解剖実習に使っている。医学部の副医長アーネスト・タラリコ・ジュニアは、この実習の開講直後、ドナーを名前のない死体として扱い、番号やニックネームで呼ぶ習慣に違和感を覚えた。

そこで追悼式を催そうと思いついた。毎年一月に、前年のドナー六名を追悼する会を開く。参列するのは医学部の一年生と、驚いたことに、ドナーの遺族だ。夫の遺体をインディアナ大学に寄付したリタ・ボッレッリは、夫の生涯についてもっと教えてもらえないかという学生からの手紙を受け取って仰天した。「写真もほしいって書いてあってね。途中から泣いちゃって、手紙の後半はろくに読めなかったわ」

すべての遺族が参加するわけではないが、学生たちには、現代の医師にとって大きな重圧となりかねないタスク――死について患者の家族と正直に話し合うこと――を経験するよい機会になる。学生たちはドナーを自分の〝初めての患者〟と呼んだりもする。この実習を『ウォール・ストリート・ジャーナル』紙が紹介した記事で、医学部一年生のラニア・カウキスは「番号で呼ぶほうが気持ちの上では楽かもしれません。でも、それでよい医師になれるとは思えませんから」と述べている。

この含蓄ある洞察を踏まえて、私はドクター・Ｊに尋ねた——ハムレット流に言えば、ご自分が〝浮世の煩わしさを脱し〟たとき、遺体をＦＯＲＥＳＴに寄付しますか。ドクターの答えは「基本的にはイエス」だった。ただ、学生の反応が心配だと付け加えた。ドナーの歩んだ人生を知り、死体をミセス誰それと呼ぶのはいい。しかし、じかに教えを受けた教授がすぐ目の前で朽ちていくのを見守るのはどうだろう。とはいえ、ドクター・Ｊが本当に心配しているのは、自分のお母さんのことだという。教会で葬儀を執り行わなければきちんと弔ったことにならないと信じる世代ということもあり、人の死体を放置して腐敗させるような施設はけしからんと考えている。だから自分が死んだとき、お母さんがまだ健在で、献体に反対するようなら、寄付するつもりはない。

しかしドクター・Ｊのお母さんは最近、自分の死後のことをあれこれ考えていたらしく、何気なくこう言ったのだそうだ。

「どうして火葬だの埋葬だのって面倒くさいことをしなくちゃならないのかしらね。森にでも持っていって自然に朽ちるにまかせるのでは、どうしてだめなの？」

「あのね、お母さん」ドクター・Ｊは言った。

「なあに？」

「私が研究してるのはまさにそれなのよ、わかる？　ＦＯＲＥＳＴの施設はまさにそういう場所なの。死んだ人が森のなかで朽ちる場所なのよ」

フランクのウッドチップの山は高さ一メートルほどに達した。北欧のバイキングの墳墓に外観がちょっと似ている。ウッドチップとアルファルファの混合物（や、フランク）がさまよい出て斜面を転がり落ちたりしないよう、たくましい金髪の男子学生が支柱を地面に打ちこみ、墳墓の下半分に金網のフェンスをぐるりと巡らせた。都市部でのリコンポジションが実現したあかつきに想定されている外観とかけ離れているとはいえ、小鳥やセミの合唱と木漏れ日に守られたここは、死後に朽ちるのに理想的な場所だと思わずにいられなかった。

汗とおがくずにまみれたボランティア学生たちが囲いの内側に戻ってきた。今回は、猫砂の空き容器に入れた水を持って斜面を登ってくる。墳墓に計五〇リットルほどの水を注ぎ、微生物やバクテリアが活動しやすい湿った環境を作った。実験記録のための写真を撮影していると、誰かが言った。猫砂の容器からタイディ・キャッツのラベルを剝がしたほうがいいのではないか。〝ごらんの『人間コンポスト』は、タイディ・キャッツの提供でお送りしています！〟に見えると困る。その二つが結びつけられると、どちらの側もあまりうれしくないだろう。

カトリーナは、一連のプロセスのこの部分――墳墓の上から水を注ぐ工程――は将来、葬送の儀式になるだろうと考えている。現代の火葬場は家族を火葬に関わらせまいとするが、アーバン・デス・プロジェクトの施設ではその伝統は受け継がない。真新しいウッドチップに水を注ぐことが、遺族にとって気持ちの区切りになるのではと期待しているのだ――野外火葬の薪の山に火をつけたり、近代的な火葬炉の点火ボタンを押したり、シャベルで棺に土をかけたりするのと同じように。フランクの墳墓に水を注ぐのは、たしかに儀式に似ていた。ここから次の何かが始まるのだと思った。フランクにとって。そしておそらく、社会にとっても。

街のスポーツバーで昼食をとって（金髪の陽気なウェイターは、私たちがそろってウッドチップまみれでいるわけをいぶかしんだかもしれないが、誰も説明しなかった）、FORESTに戻った。この施設を訪ねた理由はフランクだけではない。初めてのドナーたち、ジューンとジョンのコンポスト夫妻の件もある。この日、二人の墳墓を掘り返して、何か残っているとしたら何なのか確かめることになっていた。

またもや斜面を登ったところで、ドクター・Jがカトリーナに向き直って言った。「そうだ、忘れるところだった。死体捜索犬は墳墓を完全に無視したわよ」それを聞いたカトリーナの表情がぱっと明るくなった。

法医人類学を専門とするドクター・Jは、行方不明者の捜索について助言を求められることがある。たいがいはこの近くに横たわる山脈の鬱蒼とした森に入ったきり行方不明になったりした人だ。死体捜索の難しさを目の当たりにしたドクター・Jは、死体捜索犬を連れて捜索に当たる警察組織や捜索救助ボランティア向けにFORESTの施設を開放した。森で失踪した人の状態に似ているかもしれない本物の腐乱死体が使えるのは、大きなメリットになる。FORESTでの一週間の訓練の終わりに、ドクター・Jは〝汚れた土《ダーティダート》〟――腐敗の進んだ死体の下から採取した土――のお土産を渡し、その後の捜索で犬に指示を与えるのに使ってもらう。「土を入れた小瓶や体液の染みた衣類を受け取るときのみんなのうれしそうな顔といったら。まるでクリスマスよ」ドクター・Jはそう話す。古いクリスマスキャロルの替え歌を作るなら――「……愛する人が私にくれた……二羽のキジバト、そして死体の下にあった土を入れた小さな瓶」。

死体捜索犬が墳墓を無視すると、なぜそんなに喜ばしいのか。犬は嗅覚を頼りに死体を捜す。開けた場所で野ざらしになっている死体はもちろん、浅く埋められた死体であっても簡単に嗅ぎつける。しかし人間コンポスターでは、水分、酸素、炭素、窒素の比率が適当であれば、腐臭が外に漏れ出すことはない。追悼と慰霊の場であるリコンポジション施設から腐臭が漂っているようでは、新しい死体処理法は世の中に受け入れてもらえないだろう。プロジェクトの将来を考えると、捜索犬がまったく興味を示さなかったことはすばらしく明るいニュースだ。

男性のドナー、ジョン・コンポストを先に掘り出そうと決まった。背が高くてがっしりした体格のジョンは、六〇代半ばの紳士で、三月に亡くなった。つまり、ウッドチップとアルファルファの山に埋もれて五カ月過ごしたことになる。ジョンの居場所は斜面のてっぺんで直射日光が当たるため、環境温度は高めのはずだ。しかも墳墓全体が銀色の防水シートで覆われていた。

大きな金属シャベルや鋤《すき》で掘ると、なかにあるものを傷つけてしまうかもしれない。そこで手持ちの小さなシャベルや頑丈なプラスチックでできた熊手を使うことにした。慎重に山を崩していく。派手な紫や黄色のシャベルで土をかく私たちは、ビーチで奇怪な砂の城を作っている幼稚園児のようだ。

思いがけず、すぐに骨が出てきた。ドクター・ジョンストンが来て、柔らかい刷毛を使って土を払うと、ジョンの左鎖骨だった。

カトリーナががっくりと肩を落とす。「正直に言うと、何も出てこないといいなと思ってた。どこまで掘っても出てくるのは土ばかり……そんな風に期待してたの」

ドクター・Jが微笑んだ。「私はね、何か残っているといいなと思っていた」

「ちょっと待って」私は言った。「四週間から六週間で堆肥化させるのが目標なのに、どうして骨が残ってるほうがいいと思ったんですか」

カトリーナが代わりに答えた。「ドクター・Jには別の目標があって、それには骨が残ってるほうが好都合だから」

カトリーナのプロジェクトを全面的にサポートしているのは事実だけれど、ドクター・J

としては、骨格サンプルがたくさんあるに越したことはないのだ。ウェスタンカロライナ大学でドクターが運営しているような法医学研究所は、どこも骨格サンプルが不足している。真に有益な比較を行うには、性別や年代ごとに多数のサンプルが必要だ。

従来は死体を野外に放置し、昆虫や動物、そして自然が始末してくれるのをただ待っていたが、墳墓から取り出すタイミングを正確に見きわめられるようになれば、人間の死体から皮膚と肉をきれいに取り除いて骨格だけにするのに必要な期間を大幅に短縮できるだろうとドクターは考えている。

ジョン・コンポストをウッドチップの山に埋めた日、墳墓内の温度を上昇させるために、鮮やかな緑色をしたアルファルファの層を死体のすぐ上に作った。狙いどおりの結果になったようだ。しかし堆肥化には水分も必要だ。掘り返すにつれて、アルファルファの層は死体から水分を奪う役目も果たしたらしいとわかった。ジョン・コンポストは、ざっくり言えばミイラ化していた。骨盤の上部の張り出したあたりや大腿骨を刷毛でそっとなぞると、紙のように薄く白い皮膚が張りついたままになっていた。人間コンポストについて得られた厳しい教訓その1――アルファルファを盛りすぎてはいけない。

頭部や右肩があらわになったところで、ドクター・Jが興味深いものを見つけた。全身のうち、たまたまそこだけアルファルファに覆われていなかった。春の豪雨が斜面を伝って防水シートの下に流れこみ、頭部から右肩にかけて水浸しにしたらしく、ミイラ化するどころか、茶色い骨がむき出しになっていた。皮膚や肉はまったく残っていない。胸骨に至っては、小さな穴がぷつぷつと開いてスイスチーズのようになりかけている。骨の分解も始まっていたということだ。

それは前向きな発見ではあるけれど、ジョン・コンポストは、カトリーナが思い描いているような、養分がたっぷり含まれた黒土からはほど遠い状態にあった。ジョンは五カ月間、ウッドチップとアルファルファに埋もれていたのに、半ミイラの状態でまだ形を保っている。機械式の攪拌《かくはん》槽を使えば、おとなの雄ウシも四週間で堆肥になる。精肉店から出たくず肉ならたった五日だ。人間コンポストへの道のりは遠い。

しかしドクター・Jは動じなかった。「一度に一つずつ学べばいいのよ」そう言って肩をすくめ、ジョンを埋め戻すよう身振りで学生に指示した（ただし災いのアルファルファ層を取り除いたあとで）。

FORESTでの実験を見ていると、一八〇〇年代後半にイタリアの解剖学教授ロドヴィコ・ブルネッティが世界初の近代的火葬炉を造ろうとしたときの逸話を思い出した。ブルネッティの火葬炉は工業時代のイメージそのもの、学者のトーマス・ラッカーが〝装飾を排した技術的モダニズム〟と呼んだ概念を体現するものだった。

ブルネッティは何度も実験に失敗していたが、その実験は「死体の歴史における新時代の始まり」を象徴していた。現に、工業化された火葬炉は、今日でも、ほとんどの先進国で主な死体処理手段に採用されている。

ブルネッティが最初に火葬したのは三五歳の女性の死体で、煉瓦造りの火葬炉が使われた。実験は決して失敗ではなかった――火葬炉で焼却された死体は、重さ二・五キログラムほどの骨になった。しかしブルネッティは、それに要した時間に納得できなかった。四時間かかったのだ。

あらかじめ切り分けておけばもっと短時間ですむのではないか――ブルネッティはそう考え、次の実験では、同じ火葬炉を使い、四五歳の男性の死体を三つに分けて焼却した――一段目に手足、二段目に頭と胸と腰、三段目に臓器。それでもまだ焼却完了には四時間もかかった。ただし残った骨はわずか一・一キログラムだった。

カトリーナもこの方式を検討した。堆肥化の専門家からも申し合わせたようにこうアドバイスされた。「効率のよい堆肥化を目指すなら、あらかじめ細かくしたほうがいい」専門家からもらった不穏な助言はそれだけではなかった。肥やしも加えなくてはだめだと複数から言われたし、堆肥作りにただならぬ情熱を傾けている一人からはこんなメールが届いた。

「親愛なるミズ・スペード、貴女のプロジェクトを深い関心とともに見守っています。参考までに、私の堆肥は、検査で余った尿を病院から譲り受けて使うようになってから、すばらしくよい状態を保っています。この手法はもう検討されましたか」

「返信した?」私はカトリーナに尋ねた。

「病院の尿の件は丁寧に断るしかなかった。おしっこは窒素をたっぷり含んでる？　含んでる。堆肥化の速度が上がる？　おそらく。誰かの死体をおしっこまみれにしたい？　いいえ」

死者を切り刻むことに抵抗を感じなかったブルネッティは、次の実験では炉の温度を上げることにし、それまでとはまったく違ったタイプの炉——一九世紀に発電に使われていた石炭をガス化して利用する炉で、人体のさまざまな部位を焼いた。温度は以前より数百度高く、焼却時間は二時間長くなった（トータルで六時間）。しかし有機物は燃え尽き、骨は完全に炭化した。DNAも含め——この当時はまだDNAは発見されていなかったが——人間を人間たらしめていた微細な物質はきれいになくなっていた。

一八八四年の論文で、ブルネッティは火葬についてこう述べている。

それは厳粛で崇高な瞬間で、神聖さと荘厳さをまとっていた。死体の発火を目の当たりにするたび、私の胸の内で強烈な感情がかき立てられた。それが人間らしい形を保っているかぎり、そして肉が燃えているかぎり、見る者は驚きと尊敬の念に圧倒される。しかしその形が消え、全体が黒く焦げてしまうと、悲しみがあふれてすべてを押し流す。

一八七三年、ブルネッティは実験の結果をウィーン万国博覧会で発表した。イタリア館の五四番ブースに、ガラスの立方体に入ったブルネッティの実験の結果が並んだ――分解のさまざまな段階にある骨や肉だ。

ブルネッティの火葬技術は、死体を腐敗させずに焼却し、無機物に変えられることを世の中に示した。その工程を工業化し、工場の製造ラインのように効率的に処理できるようにすること、それがブルネッティの目指すものだった。ラッカーによれば、ブルネッティが考えていたとおり、現代の火葬とは「科学と技術によって解決できる問題だった」。この言葉に込められたメッセージは明らかだ――自然は、放っておいたら当てにならない役立たずである。一〇〇〇度に達する高炉ならほんの数時間で終わることに、自然は何カ月もかけるのだから。ウィーン万博のブルネッティのブースに掲げられたプレートには、こうあった――Vermibus erepti――Puro consumimur igni.「ウジの餌食にならず、すべてを清める炎に身を委ねる」

それからおよそ一五〇年後のいま、すべてを清めるものは炎だけというブルネッティの見解に、カトリーナも私も賛同することはできない。詩人のウォルト・ホイットマンは、土や大地を、人の「廃物」をのみこんで「かくもすばらしき物質」を吐き出す偉大なる転換者と呼んだ。大地は穢《けが》れた者、卑しき者、病んだ者をふたたび迎え入れ、新しく清らかな命を生み出す。限りある命の〝廃物〟を無駄にせずにすむ方法があるのだから、せっかくの有機物をわざわざガスや炎で燃やし尽くすことはない。

ドクター・Jは斜面を下って駐車場に張ったテントに戻った。墳墓内での温度変化を記録するためにジョン・コンポストの胸に置いてあった記録装置のデータをパソコンに取りこむためだ。そのあいだにカトリーナと私は、二つ目の墳墓、ジューン・コンポストを掘り返す作業を始めた。当時七八歳だったジューンは、病気のせいでひどく痩せた状態で亡くなった。ジューンの墳墓にはウッドチップだけが盛られていて、場所は斜面の下のほうの木陰、防水シートはない。

掘り進むにつれて、土のなかから幼生期の甲虫や地虫が這い出てきた。墳墓内にはおびただしい量の黒土があった。堆肥は〝黒い金《きん》〟と呼ばれることもある。ただ、虫が繁殖しているのは理想的とは言えない。栄養源になるものがまだあって、虫たちがそこで宴会を開いているということだからだ。まもなくジューンの大腿骨に行き当たった。腐敗した脂肪の名残が表面に分厚くへばりついていた。ギリシャヨーグルトくらいの粘度のものだ（ギリシャヨーグルト好きのみなさん、食欲を減退させたならごめんなさい）。さらに土をよけると、腐敗の最終段階にさしかかった女性が現れた。ほぼ骨だけになっている。

ジューン・コンポストに起きた問題は、ジョン・コンポストとは正反対だ。水分は足りていた（おかげできれいに骨だけになった）が、窒素が不足したせいで墳墓内の温度が充分に上がらず、骨が分解されずに残ってしまった。

ジョンもジューンも、成功にはほど遠かった。でも、カトリーナの実験はまだ始まったばかりだ。FORESTの施設では、人間の本物の死体を使った堆肥化実験がこれからも続くだろう。ウェイクフォレスト大学法学部のターニャ・マーシュ教授は、墓地法について勉強中の学生に課題を与え、全米五〇州の州法を隅から隅まで調べてリコンポジション施設を合法化する方法を探っている。ウェスタンワシントン大学では、土壌学者で堆肥の専門家でもあるリン・カーペンター゠ボッグズが、人間と同等の大きさの動物（小型のウシ、大型のイヌ、毛を刈ったヒツジ、場合によってはブタ――いずれも実験前に死んだ個体）を使った実験を始めようとしている。歯科治療に使われる水銀アマルガムの詰め物が堆肥化の過程でどのように変化するかを確かめる研究はすでに行われている。環境保護の観点から、火葬の最大の懸念事項は、水銀アマルガムに含まれる毒物が大気中に排出されることだからだ。

「このあいだ、リンから電話があったの。歯の研究の件で」カトリーナが言った。「話の途中で、こんなすごいことをさりげなく言うのよ。〝ゆうべ、自分の墓を掘ってそこで寝てみたんだけどね〟って。リンはほら、実践主義者だから」

「自分のお墓を掘ってそこで寝てみるって、すごすぎ」私は言った。

「でしょ。リンにとって死は精神修行の一部ってこと。家畜を堆肥にするのが好きとか、そういうレベルをはるかに超えてるの」

注目すべきは、リコンポジション・プロジェクトの主な顔ぶれの全員が女性だということだ――科学者、人類学者、法学者、建築士。高度な教育を受けた女性たち、間違いを正すことに力を注ぐことが可能な環境に恵まれた女性たち。それぞれ専門家としてのキャリアのかなりの部分を割いて、現在の死のシステムを変えようと奮闘している。カトリーナはこんな風に言っていた。

「加齢や衰えをいかに遅らせるか、みんなそればかりに気を取られてるでしょう。ちょっと病的なくらいに。社会に適応した女性にとって、そのプレッシャーは過酷よね。だから、体が腐敗するに任せるのは、かなり思い切った行動と言えるかもしれない。こう宣言するも同然だから――〝いまの自分が好きだし、あるがままの自分を受け入れているのよ〟」

カトリーナの言うとおりだと私も思う。女性の体が男性の視点に規定される側面のいかに多いことか。生殖器、セクシュアリティ、体重、服装。でも、腐敗には自由がある。肉体は、ぐちゃぐちゃして形さえ曖昧な、わきまえのない物体に変わっていく。私もいつか死に、この体もそういう物体になるのだと想像すると、なんだかうれしくなる。

二〇世紀の初め、葬送にまつわる一切合切が産業として成立すると同時に、死者の世話を引き受ける人物も様変わりした。死者の支度を調えるという素朴で原始的な仕事は女性たちの手を離れ、高給取りの男性たちが担う〝職業〟、〝芸術〟、場合によっては〝科学〟になった。死体は、それが身体や精神に及ぼす影響をもまとめて、すべてが女性たちから取り上げられた。それはこぎれいで清潔なものとなり、台座に安置された棺に納められ、すぐそこにあるのに手の届かない存在になった。

リコンポジションのような処理は、もしかしたら、自分の死体を自分の手に取り戻そうという試みの一つなのかもしれない。私たちはきっと、ヤナギを、バラを、マツの木を育む土になりたいと願っているのだろう。死んだら誰に気兼ねすることなく存分に腐り、ほかの生物に生きるための養分を与える――自分はそのために生まれてきたと信じたいのかもしれない。

スペイン・バルセロナ

地中海の陽光あふれる葬儀社

アメリカの葬儀社の造りは申し合わせたように無個性だ。二〇世紀中期風の煉瓦造りのいかつい建物、ビロードのカーテンが調和する内装、グレード社のプラグイン式芳香剤から漂う（遺体処置室の防腐剤の臭いをごまかすための）とってつけたような香り。スペインのバルセロナで営業するアルティマ葬儀社は、対照的に、グーグル本社とサイエントロジー教会を合体させたような外観をしていた。ミニマリストで超モダン、カルトじみた儀式が似合いそうな雰囲気。三階建てで、床も壁も天井も、品のよい白い石張りだ。ゆったりと広いバルコニーに一歩出れば、すぐそこに庭園が広がっている。駐車場ではない。庭園だ。全面ガラス張りの壁から、山々と海のあいだに横たわる街が一望できる。エスプレッソバーにはフリー

Ｗｉ‐Ｆｉも用意されていた。

窓からたっぷりと射しこむ地中海地方の陽光が真っ白な床を輝かせている。その反射に目がくらみ、こざっぱりとして魅力的なアルティマの従業員と話しているあいだずっと、私は寄り目気味で過ごした。話を聞いたなかの一人、颯爽としたスーツ姿のヨセップは、葬儀場のすべての運営を取り仕切っている。

アルティマの機能的な施設では、ヨセップのほかに六三名の従業員が勤務する。遺体を引き取り、着替えや身支度をすませ、死亡診断書を確認し、遺族と打ち合わせをし、葬儀を執り行う。アルティマでは、バルセロナの死者の四分の一近くを引き受けていて、一日あたり一〇から一二体が運びこまれてくる。遺族は埋葬《セプルトゥーラ》と火葬《インシネラール》のいずれかを選べる。カトリック教徒が圧倒的に多いスペインでは、ほかのヨーロッパ諸国に比べて火葬はさほど普及していない。火葬率は三五パーセント、バルセロナ都心部に限れば四五パーセントだ。

バルセロナの葬儀事情を理解するにはまず、ガラスを理解しなくてはならない。ガラスは透き通っていて、死という残酷な現実と素通しで向き合うことを可能にする。ガラスはまた、信頼できる障壁でもある。すぐそばまで近づけるが、じかに触れようとすると阻まれる。

アルティマの自慢は、二つある大きな礼拝堂《オラトリオ》と、二〇ある対面室だ。対面室を借り切れば、丸一日――朝の営業開始から、午後一〇時の店じまいまで――そこで死者に寄り添って過ごせる。実際、ほとんどの遺族がそうやって死者に付き添うという。玉に瑕《きず》なのは、その間《かん》ずっと、遺体はガラスを隔てた向こう側にあるということだ。
亡くなった家族と自分を隔てるガラスの種類は選ぶことができる。スペイン式対面を選択すると、故人はデパートのショーウィンドウのような大きな一枚ガラスの奥で、花で飾られた棺に横たえられて安置される。カタロニア式対面なら、ヨセップ以下スタッフは、部屋の中央に設置された白雪姫が眠っていたようなガラスケースに、蓋のない棺を安置する。どちらの場合も遺体周辺の室温は摂氏〇度から六度に保たれる。

　舞台裏をのぞかせてもらうと、遺体が入った木製の棺が、長い廊下にずらりと並んで出番を待っていた。『不思議の国のアリス』サイズの鉄扉を開けると、そこから遺体の入った棺をショーウィンドウやガラスの棺に直接移動できるようになっている。

「ガラスの棺を〝カタロニア式〟と呼ぶのはなぜですか」私は尋ねた。

　バルセロナで通訳を引き受けてくれたのはジョーディ・ナダル、私の最初の本のスペイン語版を刊行した出版社の社長だ。ジョーディは『その男ゾルバ』みたいな楽天家で、隙あらば〝いまを楽しめ《カルペ・ディエム》〟式の金言を投下し、相手のワイングラスにせっせとワインを注ぎ、皿にイカやパエリアを取り分ける。

「カタロニア系の遺族は、故人にもっと近づきたいとおっしゃるからです」

　私は「動物園の見世物みたいにガラスケースに入れた状態で？　死体がいったいどんな騒ぎを起こすと思って警戒してるの？」と思っただけで、口には出さなかった。

実をいえば、スペインに来て一週間、私は全国紙のインタビューに応じて、現代の葬儀社は遺族を意地でも故人に近づけまいとするという話を休みなく繰り返していた。アルティマはその記事を読んでいた。それを考えると、こうして会社訪問を許可し、アメリカの葬儀社ならまず私には見せてくれなさそうな、従来とは異なったアプローチを見学させてくれただけで奇跡と言うべきだ。あまり調子に乗ると、きっと罰が当たるだろう。

もちろん、ぎこちない空気がまったく漂っていなかったわけではない。アルティマの従業員の一人、年配の紳士から、バルセロナ滞在を楽しんでいますかと訊かれた。

「すごくすてきな街ですね。帰りたくなくなりそうです。このままずっといることにして、アルティマの就職試験でも受けてみようかしら！」私は冗談でそう答えた。

「あなたの主張を考えると、採用は難しいでしょうね」紳士も冗談でそう返した。その声にとげなどまったく感じられなかったとは言えない。

「スペイン語には、こういう言い回しはありますか。〝友人は近くに置け。敵はもっと近くに置け〟」

「なるほど」紳士は眉を上げた。「いいことを教えてもらいました」

バルセロナで話を聴いた人たちは（一般の人も葬儀社の社員も共通して）、死に関連する手続きを急がされることに不満を持っていた。死体は二四時間以内に埋葬すべきとみな信じているが、それがなぜなのかは誰も知らない。遺族は、とにかく急いで片づけようというプレッシャーを葬儀ディレクターから感じ取る。葬儀ディレクターのほうは、「早く、早く、早く、二四時間以内に片づけたい」と急ぐのは遺族のほうだと反論する。誰もが〝二四時間以内〟とつぶやきながら走り回る。この期限の根拠には、イスラム勢力の支配下に置かれた歴史があるから（イスラム教では、死後、可及的速やかに埋葬すべしとされている）とか、温暖な地中海性気候ゆえ、ヨーロッパの他地域に比べて腐敗の進行が速いからとか、さまざまな説がある。

二〇世紀以前、死体は疫病や流行病を撒き散らす危険なものであるという認識が一般的だった。イマム・ドクター・アブドゥルジャリル・サジッドはＢＢＣの取材に応えて、死後二四時間以内に埋葬するイスラム教の伝統は「生者を衛生上の諸問題から守る手段」と説明した。ユダヤ教のしきたりもこれにならっている。そういった恐怖は文化の違いを越えて共有され、先進国では何らかの保護障壁を立てて遺族と遺体を隔てるようになった。アメリカ、ニュージーランド、カナダでは、化学薬品で防腐するエンバーミングを採用した。スペインのバルセロナでは、遺体をガラスの向こう側に安置する。

たとえ大量死事件などの直後であっても「一般的な認識に反して、死体が〝伝染病〟流行の原因になることを裏づける証拠はない」と、世界保健機関（ＷＨＯ）のように影響力の大きな組織が明言しても、仕切りを排除しようという動きはやはり広がらない。

アメリカ疾病管理予防センターなどは、ＷＨＯ以上にあからさまな表現を用いている。

「腐敗した死体は見た目も臭いも不快であるが、公衆衛生上の脅威となることはない」

これを踏まえて、私は経営者のヨセップに尋ねた――遺族が遺体を保護ケースから出して自宅に安置したいと言ったら、アルティマはその要望を受け入れますか。するとヨセップは、そういう遺族はほとんどいないがと断ったうえで、アルティマとしては希望を受け入れ、「穴をふさぐ」ために従業員を自宅に派遣すると答えた。

貨物エレベーターで下の階に下り、遺体処置エリアに入った。スペインでは死体は可及的速やかに埋葬または火葬されるため、エンバーミングを施すことはあまりない。アルティマにはエンバーミング室があって、金属の作業台が二つ用意されているが、フルコースのエンバーミング処置をするのは、遺体がスペイン国内でも遠い地方、あるいは国外に送られる場合に限られる。アメリカでエンバーマーになりたければ、葬儀学校を卒業したあとさらに職場内訓練も受けなくてはならないが、スペインではすべての訓練は就職した葬儀社内で完結する。アルティマは、エンバーミングのスペシャリストをわざわざフランスから呼び寄せて社内研修を行っていることを売りにしている――「ダイアナ元妃を担当したエンバーマーも講師の一人です！」

遺体処置室に入ると、互いにそっくりな年配女性が二人、そっくりな前ボタンのセーターにそっくりな十字架のネックレスをかけて、そっくりな木製の棺に横たわっていた。アルティマの女性従業員が二人、一方の女性の上に身を乗り出し、ドライヤーを使って遺体の髪を乾かしていた。もう一方の女性の上には男性従業員二人がかがみこみ、顔や手にこってりしたクリームを塗っていた。遺体はこのあと上階に運ばれ、ガラスの棺かガラスの壁の奥に安置されることになる。

私は出版社のジョーディに尋ねた。こんな風にガラスの仕切りがない状態で死体を見たことはありますか。例によって情熱的な調子でジョーディは答えた——初めてだけれど、心の準備はしていた。

「こうして真実を知るのは、いつだってすてきな経験だよ」ジョーディはそう説明した。「人間なら当然与えられるべき経験だ。尊厳を与えられる」

ヨセップの髪のごま塩具合をいくらか進行させると、兄のヨアンになる。ヨアンはアルティマの墓地の一つ、セメンティリ・パルク・ロッケス・ブランケス（ホワイト・ロック霊園）の運営責任者だ。スペインの墓地は基本的に公営だが、アルティマのような民間企業が有期契約で運営を請け負っている墓地もいくつかある。霊廟や納骨堂が点在するなだらかな丘を電動ゴルフカートが行き来していた。鮮やかな色の花が供えられた平らな墓石が並ぶロッケス・ブランケスは、アメリカの典型的な墓地や霊園とよく似ていた。

ただし、大きく違うところが一つある。ヨアンが霊園の管理人の一人に無線で連絡し、丘のてっぺんに呼び出した。そのあたりには墓はなく、マンホールの蓋が三つ、ひっそりと並んでいるだけだった。管理人が頑丈な南京錠を外し、重たそうな蓋をずらした。私は管理人と並んでしゃがみ、なかをのぞいてみた。蓋の下には深い縦穴があり、そこに骨の袋や骨壺がいっぱいに詰まっていた。

北アメリカの住人なら、素朴で美しい霊園の下に集団墓地が隠されていて、数百体が詰めこまれていると聞けば後ずさりするだろう。しかし、ロッケス・ブランケスではふつうのことだ。

ロッケス・ブランケスに葬られる死者は、まずは土葬されるか、壁式の霊廟に納められるかして第二の生を始める。しかし、彼らはこの霊園に永遠の棲家を購入したわけではない。アパートのように間借りしたわけでもない。有期のリース契約をしたにすぎず、墓のなかで過ごせる時間は限られている。

遺体を墓に納める前に、遺族は最短五年の〝腐敗タイム〟をリースする。そのあいだに朽ちて骨だけになった遺体は合同墓に移されて、新入りの死者に場所を譲る。例外はエンバーミングが施された遺体だ（しつこいようだけれど、スペインではひじょうに少ない）。エンバーミングされた遺体は、骨だけになるまでに二〇年近くかかったりする。墓地のスタッフはときおり墓をのぞいて言う。「あー、どうかな。もう少しだな！」遺骨クラブへの入会資格を認められるまで、遺体は墓や壁のなかで延々と待機する。

この〝お墓リサイクル〟は、スペイン固有のものではない。ヨーロッパのほとんどの国で行われていて、この事実もまた、墓は永遠の棲家と考えている平均的な北アメリカ人を困惑の淵に突き落とす。スペイン南西部のセビーリャでは、墓地に使える土地はすでにほぼ尽きた。おかげで火葬率は八〇パーセントに達している（スペインではきわめて高い）。自治体が火葬費用を六〇から八〇ユーロと安価に抑えているからだ。安上がりに死にたいなら、セビーリャは賢い選択だろう。

ドイツのベルリンでは、墓のリース契約は二〇年から三〇年が一般的だ。近年、墓地の土地は死者にとってだけでなく、生者にとっても一等地に類するものになった。それもあって火葬を選ぶ人が激増し、老舗の墓地や霊園の跡地は、公園や共同菜園、場合によっては子供の遊び場に転換されている。この転換は簡単に実行できるものではない。墓地は文化的・歴史的・社会的価値を持つ美しい空間だ。しかも、文化を保存する大きな力を持つ。パブリック・ラジオ・インターナショナルはこう報告している。

ベルリンの墓地は、墓石のほとんどが取り除かれて、いまや共同菜園となっている。シリア難民が手入れをしている小さな一角もあって、そこではトマトやタマネギ、ミントが育っている。

墓地の入口にはかつて墓石彫刻工房があったが、いまは難民のためのドイツ語教室になっている。

「以前は顧みられることのない場所、死者を埋葬するのに使われていた場所が、植物と人を育てるすばらしい場所になっているのです」と共同菜園プロジェクトの主任ガーデナーのフェテウェイ・タレケグン氏は話す。

ロッケス・ブランケスは、死者を埋葬する以上の試みを始めており、〝グリーン・イニシアチブ〟が評価されて、いくつかの賞に輝いている。所有する車両は、バルセロナのデザイン学校の生徒が考案したという銀色の虫のような形をした霊柩車も含めて、すべて電気自動車だ。一〇ヘクタール（およそ一〇万平方メートル）の敷地には、外敵から守られたリスの繁殖地があり、イノシシの群れがいて、コウモリの住処《すみか》もある。コウモリに住処を提供しているのは、脳炎やデング熱を媒介するヒトスジシマカの大量発生を防ぐためだが、おかげでロッケス・ブランケスは、霊園とコウモリを結びつけ、吸血鬼やゾンビを連想させたとして、新聞や雑誌に悪口を書かれたことがある。

そういった取り組みを通じて環境保護に貢献しているとはいえ、ロッケス・ブランケスは自然葬の墓地ではない。遺体を納めた木製の棺は、御影石でできた地下安置室に二体、三体、あるいは六体まとめて納められる。なぜそんな仕組みになっているのだろう。だって、棺のまま土中に埋めればいいのに、なぜ御影石の容れ物が必要なのか。棺のまま埋めれば骨まできれいに分解され、合同墓の分の土地を節約できるだろう。「スペインでは、そういうやりかたはしない、それだけのことです」とヨアンは言う。

ヨアンは自分が死んだら火葬にしてもらおうと決めているが、その選択の矛盾に気づいてはいるらしい。「赤ん坊が生まれてくるには九カ月かかります。ところが死んだときは、味気ない火葬システムを通じてあっけなく破壊されてしまう」ここで少し考えてから、先を続けた。「死体も九カ月かけてゆっくり分解されるべきでしょうね」

私はジョーディに小声で言った。「彼は自然葬をお望みのようよ！」

こと死に関して、スペインはほぼグリーンな取り組みが得意のようだ。ロッケス・ブランケスを見学しているとき、敷地内の木立を抜けた。もちろん、この地域に自生する木々だ。ロッケス・ブランケスでは苗木を植えて、その周囲に家族五人分の遺灰を埋葬することもできる。文字どおり〝家族の木〟が育つわけだ。スペイン国内ではロッケス・ブランケスが最初にこのサービスを導入した。

ロッケス・ブランケスの〝家族の木〟の発想は、バルセロナのデザイン会社が開発して爆発的な人気を呼んでいるバイオス・アーンのそれと似ている。バイオス・アーンはＳＮＳで話題になっているから、あなたもどこかで見かけたことがあるだろうか。マクドナルドのラージサイズのカップのような容器に土と木の種が入っていて、その下に遺灰を詰めるスペースが設けられている。バイオス・アーンを取り上げた人気記事では、「この骨壺で、死んだら木になろう！」と書かれていた。

すてきなアイデアだし、付属する土に埋めれば種から芽が出るかもしれない。しかし、一〇〇〇度に達する炎で焼却された遺骨は無機物になる。ただの炭素になるのだ。DNAも含めた有機物がそっくり焼けてしまった死者のやせた遺灰で、植物や樹木は育たない。栄養分がまったくないわけではないが、含まれる成分の組み合わせは植物を育てるのには向かず、生態循環にも貢献しない。バイオス・アーンの価格は一つ一四五ドル。象徴としては美しい。しかし美しかろうと、人間が木になれるわけではない。

ロッケス・ブランケス内には二基の釜《レトルト》（炉）があり、年に二六〇〇体を火葬している。火葬炉を見ようと入っていくと、意外なことに、十字架のエンブレムがついた明るい色の木の棺の左右にスーツ姿の男性が二人、両手を組んで立っていた。背後の炉は予熱が完了している。「もしかして、私たちを待っていてくれたんですね！……なーんて。ありがとう《グラシアス》！」火葬に立ち会えると思うと、どうしたって感情が高揚してしまう。何度取り仕切ろうと、何度自分で点火ボタンを押そうと、飽きることはない。いままさに炎に焼かれて姿を変えようとしている死体を見送るのは、心を強く揺さぶられる体験だ。

ヨアンが火葬室をざっと案内してくれた。導入して一五年になるという炉は、遺族立ち会いの火葬に使用されている。アメリカで私が使っている倉庫みたいな火葬場とは比べものにならないくらいりっぱだった。「壁はイタリア産の大理石、床はブラジル産の御影石」ヨアンが説明する。

「うちでは六割ほどの遺族が火葬に立ち会います」ヨアンが言った。

私は驚いてあんぐりと口を開けた。顎の先が、ぴかぴかの御影石の床まで届きそうな勢いで。

「え？　ろ、六割？」私の声は裏返った。

それはとんでもなく高い割合だ――アメリカの立ち会い率をはるかに超えている。アメリカでは、希望すれば火葬に立ち会えることさえ知らない遺族が多いくらいだ。

火葬を開始する前に、ヨアンは私たちを火葬室の外に案内した（心の準備はいい？）――床から天井まで届く三枚のガラスの反対側に。葬儀社で見た、遺体と遺族を隔てる三枚のガラスとまったく同じだ。

「火葬室がガラスで仕切られているのはなぜですか」私はヨアンに尋ねた。

「炉の内側を――炎をまっすぐのぞきこめない角度に設置してあるんです」ヨアンは答えた。

たしかに。どうやって首を伸ばしてみても、炎は見えない。見えるのは火葬炉の端っこだけだ。内壁が煉瓦でできた炉に、男性従業員二人が棺をすべりこませた。分厚い金属扉を下ろしたあと、もう一つ外側にある高級感にあふれた木の引き戸を閉じて、火葬炉の産業機械のような外観を隠した。

バルセロナは、何かと〝もうすこしがんばりましょう〟の街だ。環境に配慮した墓地、動物保護、地域に自生する植物の栽培といったさまざまな取り組みを始めている。死体はエンバーミングせずに木製の棺に納めて埋葬する。ほぼグリーンな埋葬だ――土中で棺を守る御影石の要塞さえなければ。火葬には六割の遺族が立ち会い、葬儀社には、亡くなった家族と丸一日寄り添って過ごせる対面室が用意されている。遺族と遺体の距離が近いという点では、ほぼ満点なのに、対面室でも火葬室でも遺族と遺体とはガラスで隔てられていて、亡くなったお母さんを博物館の展示物のように眺めることしかできない。

ガラスの多用について、私の意見は正しいと言い張りたいところだけれど、それはできない。理由は簡単だ。優雅な大理石とガラスを多用するアルティマは、アメリカの葬儀に何より不足しているものを持っている――人を巻きこむことを実現しているのだ。ここでは弔いの場に人が集まってくる。対面室に実際に足を運び、朝から晩までそばで死者を見守って過ごす。火葬にだって立ち会う。バルセロナではその率は驚異の六割だ。ガラスの仕切りが心の補助輪の役割を果たしているおかげで、人々は警戒心を捨て、近づきすぎない範囲で死者に近づこうとするのかもしれない。

火葬は一時間半ほどかかった。ヨアンは出版社のジョーディを火葬炉の裏側に連れていった。ふだん、遺族が立ち入らない一角だ。蝶番《ちょうつがい》のついた金属窓を開け、ジョーディに炉内を見せている。炉の天井から激しい炎が噴き出して棺の蓋をのみこむ。その様子をのぞいたジョーディは目を大きく見開いた。瞳に炎のきらめきが映っていた。

バルセロナをあちこち案内してくれたジョーディは、気の毒に、死者と何度も超接近するはめになった。そのあと街のレストランに入り、一四皿くらい出されたかと思うような品数の多いコース料理を味わいながら、私はジョーディに一日の感想を尋ねた。ジョーディは少し考えてからこう答えた。

「請求書が届いたら、支払うしかないだろう？　会社なら、経費を支払う。こうして食事をすれば、代金を支払う。感情も同じことだ。感情が湧いてきたら、それを感じるしかない。支払いを免れることはできないんだ。生きるというのは、きっとそういうことだな」

日本・東京

高齢化と仏教とテクノロジー

朝の情報番組『とくダネ！』はコマーシャルに入った。葡萄色のスーツの女性たちが電子音楽のビートに乗って踊る。ＣＧのウサギがびっくり顔の男性の頭にカツラをぱちんと留める。『とくダネ！』が再開して、司会者が次の話題を紹介し、生中継に切り替わって、寺院らしき場所で読経《どきょう》している白い袈裟《けさ》姿の仏僧が映し出された。花が飾られ、香が焚かれている。どうやら葬儀のようだ。

寺院に詰めかけた人々はそろって沈痛な面持ちをしている。カメラが引いて祭壇全体が映ると、そこに悲しみの源が並んでいた——二四体の犬型ロボットだ。カメラはふたたびズームして、壊れた足やちぎれた尻尾を一つずつ映し出す。ホテルの朝食ビュッフェでハート形の目玉焼きを食べていた私は、その映像に目を奪われた。

ＡＩＢＯは電子機器業界の巨人ソニーから、一九九九年に発売された（ＡＩＢＯは日本語の〝相棒〟にちなんでいる）。体重一・五キログラムほどのロボット犬は、学習機能を備え、飼い主の命令を聞いて反応する。かわいらしくてチャーミングなＡＩＢＯは、吠えたり座ったりするほか、おしっこの真似もした。飼い主たちはＡＩＢＯのおかげで孤独を感じずにすみ、健康問題も改善したと主張する。ソニーは二〇〇六年にＡＩＢＯの製造を打ち切ったものの、その後も修理には対応すると約束した。しかし二〇一四年、ついに修理対応も打ち切られて、およそ一五万体販売されたＡＩＢＯのオーナーは、〝死なないペット〟などやはり存在しないという現実を突きつけられることになった。ボランティアによるＡＩＢＯのための病院やペットロスのオーナーを支援するオンラインフォーラムなどが次々と起ち上がり、ついには哀れにも修理不能となったＡＩＢＯの葬儀が行われるに至った。

『とくダネ！』の特集が終わると、私はハート形の目玉焼きではち切れそうなおなかを抱えて、通訳のエミリー・（アヤコ・）サトウとの待ち合わせ場所に向かった。目印は渋谷駅のハチ公銅像前。忠犬ハチ公は日本の国民的ヒーローだ。ハチも犬だった（ロボットではなく本物）。一九二〇年代、飼い主の農学教授の帰りを渋谷駅前で迎えるのを日課にしていた。ある日、ハチがいくら待っても教授は帰ってこなかった。脳溢血で倒れてそのまま亡くなったのだ。しかしハチはめげなかった。それから自分が死ぬまでの九年間、毎日駅に通い続けた。異文化に属する者の目から見ても、犬は頼りになる目印だ。忠実な犬には誰もが一目置く。

サトウさんは先に来て待っていた。中年の後半にさしかかっているはずなのに、せいぜい四〇歳くらいにしか見えない。キャリアウーマン風のパンツスーツに歩きやすそうなウォーキングシューズを履いていた。「若さの秘訣は毎日一万歩歩くこと」渋谷駅の迷路みたいな地下街に下りていく途中、身なりのよい東京人の波にのみこまれて、私は何度もサトウさんを見失いかけた。「ツアーガイドが持っているような旗を掲げておいたほうがよさそうね。あなた用にドクロのマークを目印につけて」サトウさんはそう言って笑った。

改札を二つ抜け、階段を三つ、エスカレーターを四つ下りたところで、ようやく目的の路線のホームに着いた。

「地震が起きたら、地下鉄駅にいるほうが安全なのよ」サトウさんはそう教えてくれた。決して脈絡のない発言ではない。ちょうどそのころ、東の沖合でマグニチュード六・八の地震があったばかりだった。東京にいるあいだ、誰と話していてもかならず、二〇一一年に起きた大地震が人々の心にいかに大きな影響を残したかが話題に出た。大地震と日本の東北地方を襲った津波によって、一万五〇〇〇人以上が亡くなった。

地下鉄のホームでは、線路の手前にガラスの扉があって乗客の転落を防いでいる。「わりと最近設置されたもの」サトウさんはここで声を落とした。「一つには、自殺を防ぐため」。

日本は先進国のなかで自殺率が高い国の一つだ。サトウさんは続けた。「良くも悪くも悲しいことに、鉄道会社の人たちの手際がよくなってしまったわ。体の断片や何かを集める手際がね」

ユダヤ教とキリスト教では――つまり西洋の多くの人は――自殺を身勝手な行為、罪と見なす。自殺の根本的な原因は診断可能な心の病や薬物乱用にあると科学的に明らかにされているのに、自殺は罪であるという意識はいまも根強く残っている(『精神障害の診断と統計マニュアル』に〝罪〟という項目はない)。

日本文化における自殺の意味はそれと異なっている。無私の行為、名誉ある行いととらえられている。その昔、サムライは、敵に捕われるのを防ぐために〝セップク〟した。自ら刀で腹を切って死んだのだ。第二次世界大戦では、四〇〇〇人近い男性がカミカゼ・パイロットとして戦死した。自分の飛行機をミサイルにして敵艦に突っこんでいった。〝姥捨〟という、どこまで行われていたかは眉唾ものだけれど、広く知られている伝説もある。口減らしのため、息子が老いた母親を背負って山へ捨てにいったという話だ。遺棄された母親はそこから動かず、寒さや飢えによる死の訪れをじっと待つ。

外国人は、日本人は自殺を美化している、日本には〝自殺文化〟があると批判する。しかし現実はそう単純ではない。日本人が自殺を利他的な行為ととらえるのは、死そのものに憧れているからではなく、周囲の負担になりたくないという思いが強いからだ。さらに言うなら、「外国の学者は統計上の数字を分析することはできても、現象を真に理解することはできないだろう」精神科医で著述家の大原健士郎は指摘する。「日本人の自殺を本当に理解できるのは、日本人だけである」

私にとって日本で死を観察するのは、鏡に映った像を見るのに似ていた。見慣れたものばかりなのに、正反対だ。アメリカと同じく日本も先進国であり、葬儀や墓地は一大産業だ。西洋でも日本でも、大きな葬儀社が相当の影響力を持つ。清潔そのものの施設にはプロフェッショナル然としたスタッフが控えている。ただ、日本の葬儀業界がそれだけのものなら、わざわざ訪問する意味はない。そう、日本の葬儀事情はそれだけでは終わらないのだ。

一七世紀開山の幸國寺は、東京・新宿区の閑静な通りの奥にひっそりとたたずんでいる。こぢんまりとした墓地には、ここを菩提寺とする家族の苔むした墓石が並ぶ。石畳の小さな参道で黒と白の猫がくつろいでいた。現代の東京を離れて宮崎駿の映画の世界に迷いこんだかのようだ。出迎えてくれた矢嶋住職は親しみやすい雰囲気の男性で、茶の袈裟を着て、真っ白な髪を短く刈り、眼鏡をかけていた。

こんな古風な環境にいるのに、矢嶋住職は先進的な考えの持ち主だ——具体的に言えば、遺骨の供養のしかたについて（うふふ、私と話が合いそう）。アメリカの葬儀ディレクターなら、国中が〝火葬文化〟に染まると聞いただけで顔面蒼白になるだろう。エンバーミング料金や棺販売の利ざやが大幅に減るわけだから。それどころか、基本的に火葬一択という文化がどういったものか、想像すらできないはずだ。でも、日本人は知っている。日本の火葬率は九九・九パーセント、世界一高い。二位以下の国は足もとにも及ばない（と言ったら悪いけど。でも台湾は九三パーセント、スイスは八五パーセントにすぎない）。

歴史的に土葬を選んできた天皇と皇后は、いわば最後の抵抗者だった。ところが数年前、今上天皇と皇后が火葬の意向を表明し、四〇〇年の伝統が破られることになりそうだ。

墓地がいっぱいになったとき、幸國寺の矢嶋住職には、伝統的な墓地の面積を広げる選択肢もあっただろう。しかしそうする代わりに七年前、琉璃殿という納骨堂を建てた（納骨堂とは、火葬した遺灰を納めておく建物）。

「仏教は昔から時代の最先端にあったんですよ」住職はそう話す。「仏教とテクノロジーを組み合わせるのは自然なことです。両立しない話とは思いません」そう言うと、幸國寺で一番新しいという八角堂の扉を開けて、私たちを招き入れた。

サトウさんと私は暗闇のなかに立って待った。矢嶋住職は入口のキーパッドを操作していた。まもなく、壁面をびっしりと埋めた二〇〇〇体を超える小さな仏像が輝き、鮮やかな青色に点滅した。「うわぁぁぁ」サトウさんと私は同時に歓声を上げた。びっくりして言葉が続かない。来る前に写真を見ていたのに、光り輝く仏像に実際に三六〇度囲まれてみると、やはり圧倒された。

矢嶋住職は鍵のかかっていた扉を開けた。仏像が並んだ壁の裏に収蔵庫が造りつけられており、六〇〇〇体分の遺骨が納められている。

「たとえばクボタさんがどこにいるかすぐ見つけられるよう、ネームプレートをつけています」住職はそう言って微笑んだ。ここにある遺骨と壁の表側に並んだクリスタルガラスの仏像は、一対一で対応している。

お参りに来た遺族は、入口で故人の氏名を入力するか、東京の地下鉄の乗り降りに使うようなＩＣカードを機械にかざす。すると壁の全仏像が青く輝くなか、一体だけが純白の光を帯びる。お母さんの仏像を探して名札に目を凝らす必要はない。白い輝きがまっすぐお母さんのところに案内してくれる。

「いろいろ進化したんですよ」矢嶋住職は言った。「たとえば初めはタッチパッド方式で、故人の名前を入力してもらっていました。ある日、高齢の女性が入力に苦労している姿を見かけて、それならと、ＩＣカードを導入することにしました。カードを機械にかざせば、故人が一発で見つかります！」

矢嶋住職はキーパッドのところに戻り、私たちに真ん中に立つようにと言った。「秋の景色！」住職がそう宣言すると同時に、仏像の光の色が黄色や茶色に変わった。ところどころに赤い光が浮かんだり消えたりしている。落ちたばかりの枯れ葉のようだ。「冬景色！」今度は仏像が淡い水色と白の雪ひらに変わった。「流れ星！」仏像は紫色になり、白い光が仏像から仏像へと飛ぶ。ストップモーションのアニメで再現した夜空のようだった。

納骨堂には、ふつうに考えて革新の余地はないはずだった。世界中どこの納骨堂も同じデザインだ。御影石の壁がどこまでも続き、故人の名前が彫りこまれた扉が並んで、その奥に遺骨が納められている。個性が大事なら、小さな写真やぬいぐるみ、花束程度の装飾は許されるだろう。

琉璃殿のLEDライトのショーは、ディズニーランドの演出じみているかもしれない。でも、ライトのデザインが洗練されているおかげか、テクニカラーの子宮に守られているような安らぎを感じた。

「仏教の死後の世界は宝物と光に満ちています」矢嶋住職はそう話す。

宗教学者のジョン・アシュトンとトム・ホワイトは、東アジア仏教における天上界である浄土を「宝石や金銀で装飾され、バナナやヤシの木に取り巻かれている。冷たい水をたたえた池に蓮華の花が浮かび、野生の鳥が仏陀をたたえる歌を日に三度歌う」と描写している。

矢嶋住職は琉璃殿を「仏の道を歩む死後の世界」を念頭に置いて設計した。

仏像を輝かせる照明デザインは、初めはもっと単純だったのだという。琉璃殿の完成直後に訪れた人々のなかにたまたま照明専門のデザイナーがいて、四季の景色をデザインしようと申し出た。

「初めはラスベガスのショーみたいな演出でしてね」矢嶋住職はそう言って笑った。「玩具じゃないんですから、と言いましたよ。これは派手すぎますって。いったんキャンセルしました。できるだけ自然な感じでと改めてお願いしました。いまも試行錯誤が続いています。できるかぎり自然な演出を追求して」

矢嶋住職に誘われて、お寺でお茶をいただいた。そのとき、住職は外国人の来客のために用意してある椅子を出してくれた。お茶と会話を楽しむあいだ、畳の上に脚を組んで座っているのは苦痛だろうと気遣ってのことだ。私は心配無用ですと断った（けれど、やっぱり無理だった。三分とたたないうちに脚がしびれてつらくなった）。

なぜ琉璃殿をいまのような形に造ったのですかと尋ねると、住職は熱のこもった調子でこう答えた。

「行動を起こす必要がありました。ただ見ているわけにはいきませんでした。日本では少子化が進んでいる上に、寿命は延びる一方です。墓は本来、家族で守るものですが、人口が減ったいま、全員の墓の面倒は見きれません。あとに残される人たちのために、何かせずにはいられませんでした」

日本では、人口の四分の一を六五歳以上の高齢者が占めている。高齢化に少子化も加わって、日本の人口はこの五年で一〇〇万人減少した。日本女性の平均寿命は世界一、男性は世界第三位、健康寿命（日常生活に制限なく過ごせる寿命）は男女とも世界一だ。人口が高齢化すれば、看護師や介護士は不足する。いまや七〇代の子が九〇代の親を介護している。

通訳を務めてくれたサトウさんは、この現実を肌で感じている。サトウさんの肩にも六人の親族の介護がのしかかっている――父母、義父母、おじ二人。六人とも八〇代半ばから九〇代初めだ。数カ月前に亡くなった大おばは一〇二歳だった。

いまの高齢者世代（〝シルバーマーケット〟世代）は生涯を労働と貯金に費やし、子供はいないか、いても二、三人といったところだ。お金はうなるほど持っている。『ウォール・ストリート・ジャーナル』紙は「日本でいま一番熱いバズワードは〝終活〟である。自らの死に備えてさまざまな準備を始めた層に向けた製品やサービスが爆発的に増加している」と書いた。

日本の葬儀業界の市場規模は、二〇〇〇年以降、三三五〇億円の伸びを示した。ファイナル・クチュールという会社はオーダーメイドの高級〝死装束〟を販売しているし、遺影を専門に撮影するカメラマンも増えている。

幸國寺の琉璃殿には、まだ何年も先の死に備えて自分の〝仏様〟を予約しにくる人が大勢いる。矢嶋住職はそういった人たちに、日ごろから琉璃殿に足を運んでお参りし、来たるべき死を意識するよう勧めている。いざ自分が死んだとき、「先に仏様のもとへ行った先輩たちが温かく迎えてくれるでしょう」。

一方で、あらかじめ計画しておかない人、近しい親族が皆無という人もいる。そういった人たちは死んだあと何週間、何カ月も気づかれない場合もあり、カーペットや布団におぞましい赤茶色の輪郭を残す。近年、流行病のように増えている〝孤独死〟だ。他人と断絶したまま孤独に亡くなり、誰にも見つけてもらえない。ましてや墓参りに訪れる人などいない。賃貸物件の大家向けに、孤独死のあった部屋の特殊清掃を専門にしている業者があるくらいだ。

矢嶋住職は、「子供がいなくて、〝自分が死んだらどうなるのだろう、誰が墓参りをしてくれるのだろう〟と不安に思っている人を念頭に置いて」琉璃殿を建立した。

住職は毎朝、琉璃殿に来ると、その日の日付を入力する。私が訪問した日の朝なら、五月一三日。すると、その日が命日に当たる人に対応する仏像が黄色に輝く。矢嶋住職は線香を立て、その人たちを思って手を合わせる。その人のことを思い出す家族はもう誰もいないとしても、矢嶋住職は忘れない。天涯孤独のおじいさんやおばあさんには、琉璃殿の光り輝く仏像が死後のコミュニティの役割を果たす。

矢嶋住職は高名な仏僧であり、デザイナーでもある。

「仏様に手を合わせているときも、次に作るもののことを考えています。次にどんなものを作ろうか、どんなまばゆい光にあふれたものを作れそうか。新しい仏像をどう作ろうか」

住職にとって、読経はクリエイティビティの一部だ。

「手を合わせていると、新しいアイデアが自然に浮かんできます……机の前に座ってあれこれ考えるタイプではないんですよ。アイデアはいつも、手を合わせているときに浮かびます」

琉璃殿の収蔵庫がいっぱいになってしまったら？

「第二、第三の琉璃殿を検討するでしょうね」矢嶋住職は微笑んだ。「実はもう考え始めているんですよ」


東京・江戸川区にある瑞江葬儀所は、一九三八年開設の公営火葬場で、当時としてはモダンな施設だった。火葬炉は石油式が導入され、火葬に一晩かかることもあったそれまでの炉と違って、その日のうちに完了した。現代化を歓迎する人々は、火葬場は〝葬儀センター〟として生まれ変わり、〝周辺環境維持のため〟庭園のような外観を整備すべきであると主張した。八〇年後のいまも瑞江葬儀所は現役で稼働しており、〝周辺環境〟は維持されている。広々とした敷地の西には川が流れ、南には庭園や児童公園が、東には中学校と小学校二校がある。

私が見学した東京・大田区の臨海斎場は、瑞江葬儀所と同じく、葬儀関連の設備をひととおり備えている。見学に訪れた日、四つある葬儀式場はいずれも葬儀の準備中だった。葬儀には丸一日かかる。民間の葬儀社の従業員は、遺族が到着するずっと前に花輪などの装飾品一式を抱えてやってきて、式場を飾る。竹、植物、光る球体（私はこの光る球体がいたく気に入った）。文化人類学者の鈴木光によれば、現代日本では（西洋と同じように）「商業葬儀においては葬儀のプロが準備、手配、運営のすべてを引き受け、遺族は料金を支払うのみである」。

鈴木が話を聴いた八四歳の男性は、葬儀の伝統が失われつつあることを嘆いた。一九五〇年代には、死者が出たら何をすべきか、誰でも知っていた。金で雇った他人に手伝ってもらう必要などなかった。

「ところがいまの若い者は」男性は言う。「誰かが死んで最初にするのは何かといえば、葬儀社に電話することだ。一人では何もできない子供と同じじゃないか。昔はそんな恥ずかしいことにはならなかったものだがね」

何よりびっくりするのは、と男性の奥さんが横で続ける。「いまの若い人たちはそれを何とも思ってないってことですよ」つまり若い世代は死にまつわる基礎知識がまったくないだけでなく、そのことを恥ずかしいと思っていない。

むろん、若い世代は反対に、老人たちの迷信深さに眉を吊り上げる。同じ男性によると、昔の葬儀について「妊娠中の女は死んだ者に近づいてはならなかったし、猫が死人の顔を飛び越えたら、猫についていた悪霊が乗り移って死人が起き上がると言われていた」と話したところ、孫娘（医学生）からさんざん笑われたという。死者が邪悪な猫ゾンビに変わるのを防ぐにはどうするかといえば、「猫を死人から遠ざけておく……」のだそうだ。

臨海斎場の四つの葬儀式場では、四人の高齢女性のための葬儀の準備が進められていた。式場の手前、棺のそばにデジタルフォトフレームがあって、異なった遺影を次々と映し出している。ミセス・フミは白い襟付きシャツと青いセーターを着ていた。

こぢんまりした控え室にラベンダー色の火葬用棺が安置されていた。ミセス・タナカはエンバーミング処置を施されておらず、棺に詰めたドライアイス（一九八〇年代のミュージックビデオでもくもく焚かれていた白くうねる霧のことではなく）が温度の上昇を防いでいる。棺を囲んだ遺族は頭を垂れていた。葬儀は翌日の午前一〇時から正午まで。その直後に火葬が行われる。

大多数の参列者とは離れた一室に、高齢の男性が集まって煙草を吸っていた。「喫煙室が設けられるようになる前の葬儀を覚えてるけど」サトウさんが言った。「煙草とお焼香の煙が混じって、ひどい臭いがしたものよ」

葬儀後に遺体が向かうことになる火葬室は、ニューヨークの高級オフィスビルのエントランスのようだった。何もかもが重厚な御影石で造られている。アメリカの葬儀がダッジのピックアップトラックだとしたら、これはレクサスのぴかぴかの新車だ。火葬炉は一〇基あって、汚れ一つなく磨き上げられた銀色の扉の奥に隠されている。灰色のステンレスのコンベアベルトが遺体を炉に送りこむ。あれほど清潔で豪華な火葬炉はほかに見たことがない。

火葬室の外に料金表が張り出されていた。胎児は九〇〇〇円、人体の一部は七五〇〇円、複数の骨壺に分ける分骨は二〇〇〇円（二〇一五年時点）。遺体と一緒に棺に納めてはいけない物品のリストもあった。その一部を列挙すると、携帯電話、ゴルフボール、辞書、大きなぬいぐるみ、金属の仏像、スイカ。

「待って。スイカ？　どうして？」

「そう書いてあるのよ」サトウさんは肩をすくめた。

　喪主（たいがいは故人の夫か長男）を含めた遺族が遺体に付き添って火葬室に入り、棺が炉に送りこまれるのを見届ける。火葬の工程を見守ることはなく、上階の待合室で待機する。火葬が完了すると、火葬炉の先にある骨上げ専用の部屋に移る。

　火葬後、ばらばらになった（でも一体分きちんとそろった）遺骨が炉から引き出される。西洋では遺骨を粉末状になるまで砕くが、日本では伝統的に砕かない。収骨室では、骨だけになった故人が遺族を待っている。

　一本ずつ材質のちがう箸が配られ、喪主が最初に足の骨を拾って骨壺に入れる。ほかの遺族も順番に骨を拾っていく。頭骨がそのままでは骨壺に入らないときは、火葬場の職員が金属の箸を使って細かく割る。最後に喉仏（顎の下のU字型の骨）を拾って骨壺に収める。

　一九九〇年代から二〇〇〇年にかけて東京で二人の女性が殺害された事件を追った傑作ノンフィクション『黒い迷宮』で、著者リチャード・ロイド・パリーは、事件の被害者の一人、カリタ・リッジウェイというオーストラリア人女性の葬儀について次のように書いている。来日して葬儀を執り行ったカリタの両親は、骨上げの伝統に初めて接した。

……彼らは車で長時間移動し、東京郊外の火葬場に向かった。バラの花びらが敷きつめられた棺に、穏やかに眠るカリタ——四人は別れを告げ、火葬炉の金属扉のまえに立ち、彼女が消えていくのを見守った。しかし次に、予想だにしない出来事が起きた。

いっときが過ぎると、四人は建物の反対側の部屋へと誘導され、白い手袋と箸を渡された。室内の金属板の上には、火葬炉から出てきたばかりの遺骨。すべてが完全に焼却されたわけではなかった。木、布、髪、肉は燃えて消滅していたが、脚や腕の骨、頭蓋骨は砕けてはいるものの、まだそれとわかる形で残ったままだった。四人が眼にしたのは、きれいな遺灰の箱ではなく、焼けて砕けたカリタの骨だった。遺族としての彼らの務め——日本における火葬の伝統的なしきたり——は、箸で骨を拾い上げ、骨壺に納めることだった。

「ロバートは決してやろうとしませんでした」とナイジェルは言った。「あまりに卑劣すぎると思ったようです。けれど、私たちはちがいました。両親だからなのか、あの子が私たちの娘だからなのか……いまこうやって話していると恐ろしくも感じますが、そのときはそんなふうには考えませんでした。どこか感情に訴えるものがあるというか……穏やかな気持ちにさえなったんです。まるで、カリタを近くで見守っているような、そんな気がしました」

（『黒い迷宮　ルーシー・ブラックマン事件15年目の真実』リチャード・ロイド・パリー著、濱野大道訳、早川書房より引用）


骨上げはリッジウェイ一家の文化とは隔絶した風習だったが、それでも悲しみの底にあったそのとき、カリタのために果たすべき意義深い務めを一家に与えたのだ。

全部の骨が骨壺に収まるとは限らない。茶毘に付された地方のしきたりにもよるが、入りきらなかった骨や灰を別の小袋に詰めて持ち帰ることもあれば、火葬場に残したまま帰ることもある。火葬場の従業員は、残骨灰を細かく砕いて袋に集めたうえで、一般の目に触れない場所に保管する。ある程度の量がたまると、遺灰処理業者に引き渡す。遺灰処理業者は山中に掘った大きさ二メートル×三メートルほど、深さ六メートルほどの大きな穴に集める。文化人類学者の鈴木光によると、遺灰処理業者はそこに桜の木や針葉樹を植える。「桜の時期になると大勢の花見客が訪れるが、その美しさの秘密に気づく者はほとんどいない」

桜並木は、昔の処理法に比べてずっと雅だ。かつて残骨灰は火葬場の敷地内に埋めるのがふつうだった。しかし瑞江葬儀所など公園のように美しい施設が増えるにつれ、「遺骨は裏に捨てておけ」的な発想はそぐわなくなった。鈴木光は、遺灰処理業者が廃物回収業者と呼ばれるのを耳にしている。故人の霊に責任を負い、遺体や遺族に対応しなくてはならない火葬場の職員は〝プロフェッショナル〟であるということらしい。

そのように火葬場の職員と遺灰処理業者とを区別するのは、不思議なことに思える。私が火葬場で働いていたころ、その二つの仕事は切り離せないものだった。故人は死体として火葬炉に入り、骨や灰になって出てくる。骨上げの習慣のない西洋では、遺族は別人の遺骨を渡されることになるのではとの不安を抱く。そしてしつこいほど何度も確かめる。「骨壺に入っているのは本当にうちの母なんですね?」(そうです。あなたのママです)火葬のあと、私は炉内に残った骨の小さなかけらや灰を余さず集めようと努める。それでも、一部は隙間に入りこんでしまい、最終的には別の袋に集められることになる。カリフォルニア州では、残骨灰を海に撒く。私は火葬技師であり、遺灰処理業者でもある。つまり、プロフェッショナルであると同時に、廃物回収業者でもある。


二〇一〇年、一一一歳の誕生日を迎えた加藤さんは、東京で最高齢の男性となった。この大きな節目を祝うため、区の職員が自宅を訪問した。応対に出た娘は職員が屋内に入るのを拒んだ。おじいさんはずっと植物状態にあるからとか、即身成仏したいといって自室にこもっているからなどと言を左右にした。

何度訪問しても進展がなく、ついに警察が踏みこんで加藤さんの遺体を発見した。死後少なくとも三〇年が経過し、ミイラ化して(ただし下着はちゃんと着けていた)かなりの歳月がたっていた。加藤さんの娘は、葬儀を行って墓に葬ることをせず、自宅一階の部屋に鍵をかけて遺体を放置していた。加藤さんの孫娘は「〝おじいちゃんは放っておきなさい〟と母から言われていた。だから誰も部屋に入らなかった」と話した。八一歳になる娘は、加藤さんに支給された一〇〇〇万円近くの年金を搾取していた。

加藤さんの事件は興味深い。長期間にわたって年金が搾取されていたからというだけでなく、日本の人たちの死体観を考える端緒になりそうだからだ。伝統的に、死体は不浄なものと考えられてきた。さまざまな儀式があるのは、死体を清め、整え直して、より無害で安心できる状態にするためだった。〝忌み明け〟という言葉は、穢れが取り除かれたことを意味する。

現代人の感覚で見たら、生者と死者、両方のために地域によってはかつて行われていたという浄化のしきたりはたくさんありすぎて、つきあいきれないと思えるかもしれない。たとえば――死体との接触の前後にお酒を飲むとか、線香や蠟燭の火を絶やしてはならないとか、悪霊が死体に入りこまないよう寝ずの番をするとか、火葬のあとは手を塩で清めるとか。

二〇世紀半ばには、自宅ではなく病院で亡くなる人が増えた。（二〇世紀初めごろは）二五パーセントだった火葬率は、限りなく一〇〇パーセントに近づいた。人々は、死体を炎に送りこんでしまえば汚染を防ぐことができると考えた。似たような変化はアメリカでも起きた。残念なことに、葬儀の職業化によって死体を恐れる傾向はよりいっそう強まっている。

日本の第二の大都市である横浜にラステルという施設がある。〝ラスト〟と〝ホテル〟を合体させた造語で、この世で最後に泊まるホテル――死者専用ホテルだから――という意味を持つ。ホテルのマネージャーは、蠟燭を手に蜘蛛の巣だらけの陰気な廊下へと私たちを案内したりはしなかった――死者のホテルのマネージャーと聞いて頭に浮かぶ想像図とは違って。ジョークが上手なとても社交的な人で、ホテルやそのサービスに情熱を注いでいることが自然に伝わってきた。ひととおり見学を終えるころ、私は持参したICレコーダーに向かって小声でこう繰り返していた。「ほしい。死者専用ホテル、私もほしい！」

マネージャーの案内でエレベーターに乗った。「このエレベーターはお客様用ではありません」申し訳なさそうにそう言った。「ふだんはストレッチャーと従業員しか乗らないものです」エレベーターは清潔そのもので、床に落ちたものだってためらいなく食べられそうだった。六階で下りた。最大二〇体まで保管しておける冷蔵室が備えられている。「これまでの施設になかったものを作りたいと思いました」マネージャーはそう説明する。同時に、電動のストレッチャーが金属レールの上を滑っていき、白い棺の下で止まり、棺をラックから持ち上げ、入口で待つ私たちの前に運んできた。

壁にはちょうど棺が通る大きさの扉が並んでいた。「この扉の向こうは？」私は尋ねた。マネージャーはこちらへと手招きし、小さな部屋に入った。線香が焚かれ、ソファがいくつか並んでいる。その部屋にも収蔵庫側で見たのと同じ小さな扉が一つあるが、こちらは目立たないしつらえになっていた。扉が開き、さっき見た白い棺が滑り出てきた。

ほかに遺族用の面会室は三タイプあった。親族なら、一日二四時間、いつでも自由に来て、冷蔵室から遺体を呼び出すことができる（遺体の滞在期間は平均して四日ほど）。棺に納められた故人は顔を軽く整えられ（エンバーミングはしない）、仏教の死装束またはより現代的なスーツなどを着ている。「お葬式には参列できない方もいらっしゃいますし」マネージャーは言った。「日中のお仕事の帰りがけにこちらに寄って、ご遺体と過ごす方もいらっしゃいます」

面会室の一つはほかより広く、座り心地の良さそうな大きなソファやテレビ、豪華なフラワーアレンジメントがあった。アメリカの葬儀社では面会時間に制限があるが、ここは故人と気兼ねなくゆっくり過ごすための場所だ。

「この大きな面会室のオプション料金は一万円です」マネージャーが付け加えた。

「その価値は充分にありますね！」私は言った。

何度でも好きなだけ、しかも予約なしに故人を訪問できる期間があるというのは、良心的で合理的と思える。西洋の葬儀社にありがちな「支払った料金は二時間分だから、面会は二時間きっかりで切り上げてちょうだいね」というルールとは好対照だ。

ラステルは九階建てで、最上階には白く明るくて清潔なバスルーム――湯灌《ゆかん》室もある。腰をかがめずにすむ高さのエレガントな入浴設備で〝この世で最後のお風呂〟に入れる。近年、伝統的な湯灌がふたたび注目されるようになり、親族だけを集めてプロが行うサービスが導入されている。湯灌サービスを復活させたある会社の社長は「湯灌は、現代の葬儀にある心理的な空虚感を埋める一助となるでしょう」と言う。なぜなら、死後すぐに遺体が運ばれていってしまうと「遺族が死とじっくり向き合う時間的ゆとりが奪われる」からだ。

葬儀ディレクターとしての経験から言えば、遺体を清めたり、遺体に寄り添って過ごしたりすることは、悲しみのプロセスにおいてひじょうに重要な役割を果たす。遺体を不吉な物体と見るのではなく、故人の魂の容れ物だった美しい〝抜け殻〟として慈しむよう遺族を導くのだ。

日本の有名な片づけコンサルタント、近藤麻理恵は、ベストセラー『人生がときめく片づけの魔法』で、同じような考えを紹介している。ただ単にごみ袋に押しこむのではなく、品物の一つひとつを手に取って〝いままでありがとう〟と感謝してから捨てようというのだ。サイズが合わないセーターに感謝するなんて馬鹿げているという批判もあるが、その衝動は、実は心の深い場所から来ている。どんな別れもすべて小さな死であり、尊ばなくてはならない。その考えが日本人と死者との関係にも表れている。ママが火葬炉に送りこまれるのをただ単に見送るのではない。その前にママと時間を過ごし、母親としてやってくれたことに対する感謝を遺体に――ママ本人に面と向かって――伝える。さよならを告げるのは、そのあとだ。

マネージャーに次に案内された先は、石畳の街並みだった――といっても、ラステルの建物のなかの廊下なのだけれど。雰囲気としては、クリスマス時期にヴィクトリア朝風をテーマにして飾りつけられた近所のショッピングセンターだ。廊下の突き当たりに〝家〟の玄関がある。マネージャーは、小さな靴カバーを差し出した。

「こちらはリビングルーム・タイプの家族葬の部屋です」マネージャーがドアを開けると、ごくふつうの日本のマンションの一室があった（残念なことに、室内は廊下と違ってヴィクトリア朝風ではなかった）。

「誰かのマンションの部屋ということ？　でも実際には誰も住んでいないわけですよね」私は混乱していた。

「はい。遺族の宿泊用です。ご遺体を安置して、ここでお通夜もできます」

その部屋には必要なものがすべてそろっていて、快適に過ごせそうだった。電子レンジ、広々としたシャワールーム、ソファ。布団は一五人分の用意がある。横浜のような大都市では、一般のアパートやマンションの部屋は手狭で、泊まりがけで葬儀に参列する人たちに泊まってもらうのは無理だ。そこで自宅の代わりにこの施設を使えば、みなで一緒に故人と過ごせる。

見ているうちに、いろんな感情やアイデアが押し寄せてきた。アメリカには、葬儀ディレクターがめったに口にしない難しい問題がある――エンバーミング処置をした遺体との面会が遺族に不快感を与える場合があるという問題だ。例外があるとはいえ、近親者は遺体のそばで充実した時間を過ごす機会をほとんど与えられない（遺体はたいがい死の直後に運び去られてしまう）。遺族が故人と落ち着いて過ごし、気持ちの整理を始めようとしても、その前に同僚や遠い親戚が到着して、悲しんだり感謝したりという表向きの役割を演じることを優先せざるをえなくなる。

どこの大都市にもラステルのような施設ができたとしたら。四角四面な儀式のしきたりとは無縁の空間、遺族が故人とただ寄り添っていられる空間、形式張った面会で求められるふるまいにとらわれずにすむ空間。そう、ちょうど自宅のように、安全で快適な場所があったら。

歴史とは、時代を先取りしすぎたアイデアの宝庫だ。一九八〇年代、日本のカメラメーカー社員の上田宏は、カメラを取りつけて自分を撮影できる棒、〝エキステンダー〟を考案した。旅行中に自分を入れた写真を撮りたかったからだ。一九八三年に特許を取得したものの、さっぱり売れなかった。あまりにもくだらない装置と思われて、書籍『珍道具』にも取り上げられたりした（ほかにどんな〝珍道具〟があったかというと——飼い猫用の小さなスリッパ、箸に取りつけてラーメンを冷ます小型扇風機などなど）。その後、上田の特許は二〇〇三年にひっそりと切れた。今日、誰もが自分大好きなジェダイの騎士といった風情で自撮り棒を伸ばしているのを目の当たりにしながら、上田は拍子抜けするほど冷静な口調でBBCにこう語った。

「仲間内では〝午前三時の発明〟と呼んでいます。ちょっと早すぎましたね」

死と葬儀の歴史にも、時代を先取りしすぎたアイデア――死神の午前三時の発明があふれている。たとえば一八二〇年代のロンドンだ。当時ロンドンは、過密で悪臭を放つ都市部の墓地に悩まされていた。土中に積み重なった棺は、六メートルの深さまで達していた。棺が破壊されて貧困層に薪として売られるようになって、なかば腐乱した死体があらわになっていた。墓地が満杯になりかけていることは誰の目にも明らかで、ジョン・ブラックバーン師はこう発言している。「人の死体やちぎれた体の一部が土のなかからのぞき、あふれ、地面を黒く染めているのを見て、繊細な神経の持ち主の多くは嫌悪を感じているだろう」何らかの対策を講じる時期に来ていた。

ロンドンの埋葬システム改革の提案が次々と寄せられた。そのなかの一つは、トマス・ウィルソンという建築家によるものだった。土地の不足が問題であれば、地面をさらに深く掘って埋めるのではなく、死体を上に――巨大なピラミッドに埋葬すべきではないか。現在のプリムローズヒル、ロンドン中心街を見下ろす丘の上に、煉瓦と御影石を使ってピラミッドを建設したらどうかという提案だった。九四階建てのピラミッドは、セントポール大聖堂より高く、五〇〇万体を収容できる。もう一度言いましょう――五〇〇万体。

ピラミッドが占める面積はわずか七万平方メートルほど、そこに従来の四〇〇万平方メートル分の死体を詰めこめる。ウィルソンの巨大死体ピラミッド（正式名称はやけに貴族的な響きの〝メトロポリタン墓所〟）は、エジプトの芸術や建造物を熱愛するロンドン市民がいかにも好みそうなものだった。ウィルソンは国会にまで招かれて計画を説明した。

それでもこのアイデアは最終的には大衆に受け入れられなかった。文芸誌『リテラリー・ガゼット』は、ウィルソンのプロジェクトを〝醜悪な怪物〟と呼んだ。人々が望んでいるのは庭園のような墓地だ。ロンドン中心部のいまにもあふれそうな教会墓地から、ピクニックをしながら死者と心を通わせる時間が持てる広々とした田園風景へと死者を引っ越させたがっていた。天を衝《つ》く死の山（その重みで丘が崩壊しそうだ）、腐敗の塔にロンドンの空を支配されるのはいやだ。

ウィルソンは世に認められないままになった。のちにピラミッドのアイデアをフランス人建築家に盗用された。その建築家を知的窃盗の罪で告発したところ、今度は自分が名誉毀損で反訴された。しかし、メトロポリタン墓所の発想が、実は葬送の世界の自撮り棒だったのだとしたら？　時代を先取りしすぎたにすぎないのだとしたら？　死や葬儀の周辺で起きる大きな改革には、〝珍道具〟の仲間入りをして終わるかもしれないという注意書きがかならずついてくる。

東京の両国駅から徒歩でわずか五分のところ、〝スモウ・ホール〟のすぐ近くに、世界で一番ハイテクな葬儀施設がある。お昼休みにちょっと電車に乗り、柄入りのキモノを着たスモウ・レスラーとすれ違いながら歩いた先に、高層の寺院であり霊園でもある大徳院両国陵苑《りょうえん》が見えてくる。

大徳院両国陵苑は、霊園と言うよりオフィスビルのような外観をしている。企業を訪問したような印象だ。たとえばロビーで出迎えてくれたのは、垢抜けた身なりの広報担当者だった。この女性は、葬儀会社として日本第三位の規模、屋内陵墓市場では第一位の株式会社ニチリョクの社員だ。

「私どもは〝堂内陵墓〟のパイオニアです」と女性は説明した。「東京証券取引所に上場している唯一の葬儀関連企業でもあります」

私のＤＩＹ魂は、どちらかというと〝我が道を行く変わり者の仏僧〟と〝光を放つ仏像〟の幸國寺チームに共鳴する。それでも、ニチリョクが新たな市場を開拓したことは認めなくてはならない。一九八〇年代、東京の地価は一気に高騰した。一九九〇年代には、墓地のこぢんまりした一区画が六〇〇万円することもあった。人々は、もっとお財布に優しくて交通至便な都市型のお墓（たとえば駅前霊園）を求めた。

言うまでもなく、ハイテク霊園の条件は駅近の一等地にあることではない。見学ツアーの案内役を務めた支配人が最初に見せてくれたのは、黒いぴかぴかの石材を床に貼った、真っ白な天井灯に照らされた長い廊下だった。左右に個室が並び、おのおのの入口に緑色がかったすりガラスの目隠しがあってプライバシーを守っている。一九八〇年代の映画が空想した〝未来〟そのままの印象で、デザインセンスを感じさせた。

ガラスの目隠しの奥に入ると、伝統的な御影石の墓石がある。台座に近いところに、教科書くらいのサイズの長方形の穴が開いている。花瓶には花が生けてあり、火のついていないお香も用意されていた。支配人は、幸國寺の琉璃殿でも見たようなICカードを取り出した。参拝に訪れた遺族が実際にするように、カードを装置に軽く触れさせる。「この桜カードに納骨箱の情報が入っています」支配人はそう説明した。ガラスのスライドドアが閉じて、墓石が見えなくなった。

舞台裏では魔法が起きていた。かすかな作動音とともに、ロボットアームが四七〇〇ある納骨箱のなかから該当する家族のものを選び出す。一分ほどでガラスドアがふたたび開き、墓石が現れる。さっきまで何もなかった長方形の穴に、いまは納骨箱があった。前面に家紋や家名が入っている。

「多くの人にこの施設を利用していただきたいという思いが出発点でした。収蔵庫のスペースが許すかぎり納骨箱を保管できます」支配人が説明を加えた。七二〇〇個分のスペースがあって、すでに半分以上が埋まっているという。「従来の家墓では、遺族は花を換えたり線香を上げたりしなくてはなりません。かなりの負担でしょう。こちらなら、私たちがすべて代行します」

もちろん、多忙な人々に向けては、バーチャルお墓参りを実現するオンラインサービスという選択肢も増えた。東京の別の会社、アイキャン株式会社では、ゲーム『シムピープル』風のサービスを展開している。緑の草原に建つバーチャル墓石が表示され、ユーザーは好みに応じてバーチャル線香を立てたり、花を手向《たむ》けたり、墓石に水をかけたり、果物やビールを備えたりできる。

アイキャン株式会社の社長は「リアルなお墓にお参りするのが最善であることは言うまでもありません」と認める。しかし、「私どものサービスは、コンピューターの画面の前にいてもご先祖さまに敬意を表することはできると考える方々に向けたものです」。

大徳院両国陵苑の増田住職は、泰然自若とした人物で、幸國寺の矢嶋住職と同じく、仏教が新旧のアイデアを混和することに何の抵抗もないと話す（取材を終えたあと、住職が袈裟姿のまま自転車にひょいとまたがり、帰っていくところを見かけた）。両国陵苑は、大徳院と株式会社ニチリョクの提携事業だ。何年もかけて高層墓地の計画を詰め、二〇一三年に両国陵苑をオープンした。

「施設をご覧になったご感想は？」住職は小さな笑みを浮かべて訊いた。

「アメリカにはこれほどハイテクな墓地はありません」私は答えた。「それに、日本では何もかもが清潔そのものですね。墓地から始まって、火葬炉まで。何から何まで清潔だし、あまり無機的な印象は受けませんでした」

「たしかに、死との関係は清潔になりましたね」住職はうなずいた。「みなかつては死体を恐れたものですが、私たちが清潔なものにしたんですよ。それに、墓地は公園のように整然とした清潔な場所になりました」

ありがたいことに、増田住職は日本とアメリカの火葬のトレンドについての会話にもつきあってくれた。日本では骨上げに参加しない人が増え、自分たちで遺骨を拾う代わり、葬祭場の職員に遺骨を粉末状に砕いて散骨してもらうようになってきているという。

「日本人は昔から骨と深い関わりを持ってきました」住職はそう説明した。「骨上げの風習もあります。日本人は元来、骨好きなんですよ。灰は好まない」

「何が変わったんでしょうね」私は尋ねた。

「骨は感情をかき立て、魂は責任を要求する。骨は実体として存在するものです。遺灰を撒く人たちは、忘れようとしているんでしょう。思い出したくないことを消してしまおうとしているんです」

「それはいいことだと思われますか」

「思いませんね。死を清潔なものにしていくのは悪いことではない。しかしその一方で、大地震も起きましたし、自殺率が高いこともあって、死は以前よりずっと身近になりました。一〇歳以下の子供の自殺も増えている。みなが死について考えるようになりました。もはや死と無縁でいることはできないんですよ」

日本人は、不潔で不浄なものと考えて死体を恐れた時代もあったが、その恐怖をあらかた乗り越えたいま、棺に納められた遺体を死体と見るのではなく、かつてその体の持ち主だった人物として――忌むべき物体ではなく、たとえば〝優しかったお父さん〟と見るように変わり始めている。日本人は儀式と遺体を一つに結びつけ、遺族が遺体のそばで納得いくまで過ごすべきだと考えているのだ。ところが、アメリカに代表される国々は、まったく反対の道を歩んできた。かつてのアメリカ人は、葬送の支度を遺族が調えた。葬儀業が成立する以前のアメリカ人は、死体とともに過ごす時間を重んじた。ところが近年、死体は不潔で不浄なものであると教えこまれた結果、死体という物体を恐れる気持ちが芽生え、それと同時に、葬儀をせずに火葬する〝直葬〟の割合が増加した。

そして、日本人はテクノロジーや斬新なアイデアと葬儀や霊園を大胆に融合する試みを始めている。しかしアメリカには、仏像が美しく輝く琉璃殿や、ロボットが自動で骨箱を搬送する大徳院両国陵苑のようなものは一つとしてない。アメリカでは、ネット上に死亡告知を出したり、葬儀の際にデジタルフォトをスライドショーで見せたりしただけで、〝ハイテク葬儀場〟に分類される。

何はともあれ、日本の葬儀市場は、テクノロジーと死者との交流は両立できることを西洋諸国に教えている。しかも、その両方のオプションを提示しても、葬儀場の収益が減るのではと心配する必要はない。そんな風に考えていると、死者専用のホテルが、ああ――ぜひともほしくなってくる。

ボリビア・ラパス

頭蓋骨が取り持つ信者と神のあいだ

ポール・クードゥナリスは、耳がついたままのコヨーテの毛皮でできた、もふもふの大きな帽子をかぶっている。その帽子と、黒い顎鬚のぴんととがった先端から垂らしたゴールドのビーズとが相まって、着ぐるみコンベンション《ファーリー・コン》へ出陣するジンギス＝カンといった風情だった。

「このコヨーテ帽、きっとドニャ・エリーに気に入ってもらえると思うんだよね」ポールは言った。「飼い猫にジェダイの扮装をさせる人だから」ポールの頭のなかで、その二つの要素はまったく自然につながっている。

ドニャ・エリーは、ラパスの共同墓地の裏手の塀から石畳の通りを三ブロック歩いたところに住んでいる。これといった特徴のない家で、玄関にはぼろぼろのシーツが一枚下がっていた。この通りに並ぶ家はどれも同じに見える——トタン屋根、板壁、コンクリートの床。しかし、コットン素材のおそろいのニット帽をかぶった人間の頭蓋骨が六七個、ずらりと並んだ棚があるのはドニャ・エリーの家だけだろう。頭蓋骨は願いごとをしにやってくる熱心な信者をそこで待っている。

ドニャ・エリー宅に並ぶ六七個の頭蓋骨は〝ナティタス〟と呼ばれるもの。〝ぺしゃ鼻ちゃん〟とか〝ちっちゃなパグ鼻くん〟といった意味で、頭蓋骨を子供に見立てたニックネームだという。ナティタスは、生者と死者を取り持つ特殊な力を持った頭蓋骨でなくてはならない。ポールの表現を借りるなら、「ナティタスは人間の頭蓋骨でなくちゃいけないけど、人間の頭蓋骨ならかならずナティタスになれるわけじゃない」。

頭蓋骨は、ドニャ・エリーの友人のものではないし、家族のものでもない。あるときドニャ・エリーの夢に頭蓋骨が現れ、自らの存在を伝えた。彼女は超満員の墓地、市場、遺跡の発掘現場、医学校などに次々と頭蓋骨を迎えにいった。ドニャ・エリーはナティタスの専属世話人を自任し、供え物をして、糖尿病から借金の悩みまであらゆる問題の解決を求める。

ドニャ・エリーは一目でポールを見分けた。ポールは一一年前からナティタスの写真を撮りにラパスに通っているからだ（ポールの強烈なルックスのおかげもあるだろうけれど）。

「ドンデ・エスタ・ス・ガト？」ポールは尋ねた（「猫ちゃんはどこですか」）。

ドニャ・エリーとポールには、文化の違いを超えた共通点が二つある。一つは頭蓋骨に注ぐ愛、もう一つは飼い猫にコスプレをさせる趣味だ。ポールは携帯電話を出して、自分の猫のババに〝キャタデー・ナイト・フィーバー〟のコスプレをさせた写真を見せた。カイゼル髭に金のネックレス、パーマヘアのウィッグ。もう一種類のコスプレは、〝フローレンス・ナイチンテール〟で、看護師の制服を着て聴診器を首にかけている。

「あらまあーーーー！」ドニャ・エリーが歓声を上げた。似た者同士、ツボにはまったらしい。

ずらりと並んだ頭蓋骨は、おそろいのコットン素材のニット帽をかぶっていた。色は明るい青。それぞれの名前がおでこの部分に刺繍してある。私は新生児室の赤ちゃんを連想した。ラミロ、カーロタ、ホセ、ウォーリー（みーつけた！）。どれも生前の名前ではない。頭蓋骨がナティタスになったとき、ドニャ・エリーがつけた名前だ。

ドニャ・エリーのナティタスには一つずつ個性と特技が設定されている。カーリトスは、健康上の悩みを相談する頭蓋骨。セシリアは大学で勉強する学生の味方。マリアとシエロを含む七つは子供や幼児の頭蓋骨で、専門は子供の問題だ。頭蓋骨の口にはコカの葉が差しこまれ、隙間に包装がカラフルなキャンディが詰めてある。生花、瓶入りの清涼飲料、丸のままのスイカやパイナップルなどの供え物は、どれも二〇〇人から三〇〇人ほどいる信者が持ち寄った供え物だ。

とりわけ御利益のある頭蓋骨、VIP扱いの頭蓋骨もいくつかある。一番上の段に飾られているオスカーは、警察の制帽をかぶっていた。これはドニャ・エリーが一八年前に手に入れた最初の頭蓋骨の一つだ。

「住むところをなくして、仕事もお金もなかった時期よ」ドニャ・エリーはそう話す。「オスカーのおかげで生活を立て直せたの」ナティタスは奇跡を起こすとドニャ・エリーは断言する。身をもってその奇跡を経験したからだ。

サンドラも御利益のあるナティタスだ。そのわけは一目でわかった。ドニャ・エリーのナティタスの少なくとも四分の一は頭蓋骨というよりミイラ化した頭部だが、サンドラの頭はそのなかでも傑出している。あんなにきれいにミイラ化した頭部はほかにあまり見たことがない。頬はぽっちゃりとして丸く、口もとには笑みを浮かべていた。なめし革のような皮膚が顔全体をきちんと覆っている。唇も残っていて、楽しげな笑みを作っていた。白髪交じりの太い三つ編みが二本、顔の左右に垂れている。鼻まで原形を保っている（鼻が残っているのは珍しく、サンドラは〝パグ鼻〟とは言えない）。フェミニズムの時代を反映してか、サンドラの特技は金銭がからむ交渉事と商売だ。

ポールがカメラをかまえてサンドラに近づいた。「あ、ちょっと待って」クローズアップ写真を撮ろうとしていることに気づいたドニャ・エリーはサンドラを棚から下ろし、〝サンドラ〟のネーム入りニット帽をはずした。完璧に保存された頭部があらわになった。ドニャ・エリーはあたりに視線を巡らせ、クローズアップ写真にぴったりのかぶり物を見つけると、サンドラの頭を私の手に押しつけてそれを取りにいこうとした。

「あー、えー、はい、持っておきます」私は口ごもりながら言った。

　間近で向き合うと、サンドラのまぶたや明るい色をしたふさふさのまつげまでよく見えた。アメリカの医学資料室や歴史博物館に収蔵されていたら、サンドラと私はきっとガラスで隔てられていただろう。しかしラパスでは、私と——そう、気の毒なサンドラは何ものにも邪魔されずに向き合った。

　ドニャ・エリーが高さのある白いトップハットを持って戻ってきて、サンドラの頭に載せた。ポールはスナップ写真を撮り続けている。

「よし、サンドラに顔を近づけて。そうそう、そんな感じ」ポールは言った。「ケイトリン、もうちょっと笑ってくれないかな。そんな冴えない顔しないでさ」

「だってこれ、人間の頭なのよ。ちょん切られた人間の頭を持ってうれしそうにしてる写真なんて撮られたくないんですけど」

「サンドラのほうがよほど楽しそうだぜ。いいからもう少し悲しくなさそうな顔をしてみろって。頼むから」

　サンドラを棚に戻し、帰り支度を始めたところで、玄関脇に真新しい青緑色の刺繍入りニット帽が積んであるのが目にとまった。ドニャ・エリーのナティタスに相談する順番を待っていた女性が教えてくれた。

「ああ、それね。毎月、違う色の帽子に交換するのよ。先月はオレンジだった。それは来月の分。いい色ね。きっとみんなに似合うわ」


ドニャ・エリーのナティタスのコレクションもすごいけれど(「これまでに撮影した納骨堂のなかには、ドニャ・エリーの家より頭蓋骨の数が少ないところもあったよ」とポールは言う)、もっとも有名なナティタスの持ち主はドニャ・アナだ。あらかじめ断っておくと、ドニャ・アナその人に私は一度も会っていない。私たちがドニャ・アナの家を訪ねたとき、大勢が鋳鉄の大釜を囲んでアナに会える順番を待っていた。ドニャ・アナのナティタスは、夢のなかでアナに話しかける。悩み事の種類に応じて、アナはどの頭蓋骨に相談すべきか教える(ホセ・マリア、ナチョ、アンヘル、アンヘル2、そして人気者のホニー)。

ドニャ・アナの家にある二ダースのナティタスは、前面がガラス張りになった箱に一つずつ収められ、きらきら光るクッションに載せられている。どれもつばに生花を飾ったサファリハットをかぶっていた。眼窩には綿が詰めてある。上下の歯にアルミ箔がかぶせてあるのが、まるで金属のマウスピースをはめているようだった。

「あのアルミ箔は何のため?」私はポールに尋ねた。

「煙草から歯を守るため」ポールが答える。

「え、頭蓋骨が煙草を吸うの？」

「吸っちゃだめか？」

カトリック教会は、ラパスのナティタスの存在に一貫して不快感を示してきた。毎年開催される頭蓋骨祭《フィエスタ・デ・ラス・ナティタス》を取り仕切る神父は、祝福を求める群衆を前に、「頭蓋骨は埋葬すべきもの」であり「崇拝の対象にしてはならない」との声明を発表するのが恒例だった。

ポールが初めてナティタス祭の撮影に訪れた年、人々が共同墓地に集まってみると、教会の扉には鍵がかけられていて、頭蓋骨の祝福はしない旨が書かれた紙が張り出されていた。人々は抗議の行進を始め、ナティタスを頭上に掲げながら繰り返した。「祝福を！　祝福を！」根負けした教会は扉を開いた。

ラパスの大司教、エドムンド・アバストフロアは、ナティタス崇拝にとりわけ声高に反対している。「そりゃそうだろ」ポールは鼻で笑った。「ナティタスのせいでメンツ丸つぶれだからね。自分の教区をまるでコントロールできてないように思われちまう」

ドニャ・アナやドニャ・エリーのような女性たちはカトリック教会にとって脅威だ。彼女たちは、魔法と信仰、ナティタスを通じて、あの世の存在との直接の結びつきを容易にしている。男性の仲介者を必要としていない。私はサンタ・ムエルテ、メキシコの〝死の聖人〟を連想した。サンタ・ムエルテは骸骨で、かならずしも女性とされてはいないが、見かけは疑いようもなく女性だ。片手に大鎌を持ち、華やかな色合いの長いローブをまとっているのだ。

教会側から見れば悔しいことに、メキシコに始まったサンタ・ムエルテ信仰は、メキシコで数千万人の信者を得たのちにアメリカ南西部にまで広がりを見せ始めている。サンタ・ムエルテの信者の多くは、社会のはみ出し者、貧困層、ＬＧＢＴの人々、犯罪者――厳格なカトリック教会から疎外された人たちだ。

女性信者の集団を軽んじてきた宗教はカトリックだけではない。現代仏教は女性を比較的平等に扱っているが、古い経典を見ると、ブッダは男性僧侶たちを墓地に行かせ、朽ち果てていく女性の死体を観察しながら瞑想せよと指示している。この〝腐乱する死体を見ながらの瞑想〟は、女性を求める煩悩からの解放を目的としたものだ。研究者のリズ・ウィルソンは、この場合の女性を「官能のつまずきの石」と呼ぶ。瞑想を通じて性欲を刺激する特徴を女性から取り払い、女性は血と内臓と粘液が詰まった〝皮袋〟にすぎないことに気づかせようというのだ。ブッダはあからさまにこう述べている――女の手管は化粧や着物といった道具にあるのではなく、穴という穴からおぞましい液体をひそかににじませる肉体という欺瞞《ぎまん》の衣にあるのだと。

もちろん、墓地で朽ちていく物言わぬ女性の死体は、欲求や欲望を抱くことは許されず、精神的な旅も許されない。前出のウィルソンは、「教師としての役割を果たすにあたり、彼女たちは初めから終わりまで一言たりとも発しない。彼女たちが教えるのは、精神に起きている事柄ではなく、肉体に起きている事柄である」とする。死んだ肉体はただの物体であり、男性はそれを見ながら瞑想することで幻想を手放して〝有徳の人物〟の地位を得る。

こういったことはドニャ・アナには当てはまらない。アナは女性の精神生活や内面の問題を主役として前面に押し出した。恋愛、金銭、家庭内の問題がささいなこととして退けられることはなかった。ドニャ・アナのナティタスは自宅の客間に並んでいる。天井も壁も新聞で覆われていた。信者は花束や蠟燭を供え物として捧げる。ポールと私は、道ばたの屋台で買った先に行くほど細くなる白い蠟燭を持っていった。私は手土産として蠟燭を渡しておしまいのつもりでいたけれど、ドニャ・アナの信者から、火をともしてお供えしたらと言われた。ポールと私はコンクリートの床に並んでしゃがみ、蠟燭に火をつけ、溶けた蠟を金属プレートに垂らしてそこに蠟燭を立てようと奮闘した。しかし何度やっても蠟燭は倒れてしまい、ちゃんとお供えできなかったばかりか、あやうく火事を引き起こすところだった。

せっかく供え物を持ってきたのだし、ナティタスの誰かと話をすべきだろうと私は思った。そこでナチョに白羽の矢を立て、翌日に行われるアメリカの大統領選に影響を及ぼしてもらえないかと頼んだ。実際の選挙の結果を見るかぎり、ナチョはアメリカの政治問題を得意とするナティタスではなかったか、英語があまり得意ではなかったらしい。

ずらりと並んだナティタスの前に、若い女性が小さな男の子を抱いて座っていた。

「ここには初めて来ました」女性は言った。「友達から聞いたの。大学の勉強がうまく進むようになるだろうし、この子を見守ってくれるだろうって。だから来たんです」

ある晩の夕食のテーブルで、ポールの友人でラパス在住の画家アンドレス・ベドヤからこう言われた。「勘違いしないでほしい。ボリビアの文化にも多様性はあるんだ」アンドレスの一番新しい作品は埋葬布で、一枚の製作に五カ月かかる。材料は革や釘、数千枚の小さな金の円盤だ。「ボリビアの芸術家の作品は〝真の〟アートではないといって馬鹿にされることもある。でも、もちろんりっぱにアートだし、僕はボリビアのアートから着想をもらってる」

アンドレスの埋葬布の依頼主は、美術館や画廊だ。〝幽霊のための衣服〟を作ることを通じて、彼自身の悲しみ、他者の悲しみを定型化している。製作した埋葬布を使って実際に誰かを埋葬することに反対はしないが、そういった事例はこれまでのところ一つもないという。ボリビア文化に多様性があるとしても、ラパス近郊の葬儀の進行はほぼパターン化している。長時間の通夜は、自宅または葬儀場で行う。家族は地元の業者から棺を購入し、内蔵ライトがネオンパープルに輝く十字架や花と一緒に届けてもらう（紫色はボリビアで死を象徴する色）。「ネオンパープルは低俗で安っぽいと思う人もいるが、僕は好きだよ」アンドレスは言う。埋葬は翌日だ。棺を人がかついで一ブロックほど行列したあと、霊柩車に積みこんで墓地まで運ぶ。

　二二年前に亡くなったアンドレスのお母さんは、火葬を望んでいた。ラパスの火葬率は増加傾向にあるものの、人間の死体をきちんと焼却できるようになったのはつい最近のことだ。標高三五九三メートルに位置するラパスは、世界で一番高いところにある首都だ。火葬炉は「温度が充分に上がらなかった。酸素が足りなかったんだね」とアンドレスは言った。現在の火葬炉の温度はずっと高く、死体をきちんと焼くことができる。

　火葬炉の進化を見て、アンドレスはお母さんの遺体を掘り返し、本人の希望どおり改めて火葬にしようかとも考えた。しかし墓地の規則で、掘り返した遺体が本当にお母さんのものであるかどうか、自分の目で確認しなくてはならないと言われた。

「そりゃね、埋葬したとき着せた服は覚えてるよ。だけど、骨だけになった母の姿を記憶に残したくない。母を思い出そうとして、その姿が思い浮かぶとしたら、抵抗がある」

　死に対する関心が高じて、アンドレスはナティタス文化を研究するようになった。一一月八日のナティタス祭は、人々がナティタスを家の外に持ち出して互いに見せ合う機会になっている。ただし、持ち主ではなく、あくまでもナティタスが主役のお祭りで、一年間の功績をたたえ、その力を知らしめることを目的としている。「狂信的な人もなかにはいて、内輪のお祭りのままにしておくべきだと主張する。でももし本当に内輪だけのお祭りだったら、きみも僕も見に来ていないだろうね」アンドレスは言った。

　ナティタス祭はまだ国外ではあまり知られていないとはいえ、「ボリビア国内では大衆文化の域に達している」とアンドレスは言う。お祭りの会場となる共同墓地は、もともとは富裕層向けの墓地だったが、富裕層はその後、もっと南部へと移ってしまった。市は何年か前から共同墓地の再生に取り組み、ストリートアーティストに依頼して霊廟の横壁に壁画を描いてもらうなど観光スポット化を図っている。万聖節の夜にはお芝居の上演もあり、数千人の市民がそれを見に詰めかける。

ラパスの根強いナティタス信仰は、ボリビアで二番目に人口の多い先住民アイマラ族に支えられている。アイマラ族は長年差別を受けてきた。二〇世紀の終わりごろまで、都市部に住むアイマラ族の女性たち――〝チョリータ〟と呼ばれる――は、公共施設やレストランへの出入りを禁じられ、バスに乗ることもできなかった。

「はっきり言ってしまえば、ボリビアは女性が暮らしやすい国じゃないんだ」アンドレスは言った。「ボリビアは南米で一番貧しい国だ。ここには〝フェミニシーディオ〟って言葉がある。女性が女性だというだけの理由で狙われ、殺害されることを指す言葉だよ。犯人はたいがい被害者のパートナーだ」

そういった状況は、ここ一〇年ほどで目に見えて改善した。エボ・モラレス大統領はアイマラ族の出身で、ボリビアの多様な民族の平等を重要な政治目標として掲げている。チョリータはいま、アイデンティティを取り戻そうとしている。それには伝統衣装の復活も含まれる――何層も重ねたスカート、ショール、頭のてっぺんに危なっかしく載せた山高帽。また彼女たちは社会にも進出した。以前のように召し使いとしてではなく、ジャーナリストや公務員として。ナティタス祭が終わり、共同墓地のゲートが閉ざされると、チョリータはそれぞれパーティ会場に向かう道すがら、通りで伝統舞踊を披露する。

「チョリータの衣装は服従の概念と強く結びついている。ところが去年の衣装はカモフラ柄だった。男どもが腹を立てたのなんのって」そんなチョリータのダンサーたちを写真に収めたというアンドレスは、笑いながら言った。「ラパスでは、フォークロアは歴史じゃない。いままさに起きていることなんだ。つねに進化を続けてる」

アイマラ族とナティタスはしだいに受け入れられてきているとはいっても、ボリビア人をつかまえて、あなたの自宅にもナティタスがありますか、ナティタスの力を信じますかと尋ねれば、大多数はこう答えるだろう。「ナティタス？　いやいやいやいや、あんなものは怖くて！」みなカトリック教徒失格と思われたくないのだ。ナティタス信仰にはまだ〝邪教〟の側面が残されている。ボリビア人（カイロプラクターや銀行家といった専門職の人々でも）のなかにはナティタスを持っている人がもっと大勢いるだろうに、表向きはそれを認めようとしない。

「でもさ、同時に熱心なカトリック教徒でもあるわけだろう」ポールが横から言う。「ナティタスがある家を撮影させてもらうと、壁にかならずイエス・キリストや聖母マリアの絵が貼ってあるものな」

「はっきり言って、それもボリビアの奇妙なところの一つだろうね」アンドレスが言った。「ついこの前、ボリビアの宗教は決してカトリック信仰と土着信仰の〝融合〟じゃないよなって話で盛り上がったところだよ。その二つはただ共存してるだけなんだ」

アンドレスは左右の手の甲を合わせ、不気味な怪物のような形を作った。「妹のオフィスには、いまもヤティリ（信仰療法士や呪術師）が来てお祓いをする。うちの親父は地質学者でね。子供のころ、よく親父にくっついて採鉱場に行った。一度、ラマを生け贄に捧げてるところを見たよ。労働者が要求したからだ。地下世界の王エル・ティオの機嫌を取ろうとしたわけだよ。そういう魔術は、いまでもそこらにふつうに存在してる」

一一月八日の朝、ヒメナは共同墓地内の教会のコンクリートの入口にトートバッグを下ろした。そして、サッカーをして遊ぶミッキーマウスとドナルドダックのイラストがついたバッグから、次々とナティタスを取り出し――全部で四つ――木の板の上に並べた。私は四人を紹介してくれないかと頼んだ。一番古い頭蓋骨はおじのルーカスのものだという。ふつうは見知らぬ他人の頭蓋骨をナティタスにするものだと前述したけれど、たまに家族のものを持っている人にも遭遇する。「私の家を泥棒から守ってくれてるの」ヒメナはそう付け加えた。

ヒメナのナティタスはそれぞれニット帽をかぶっていて、その上に花輪も載っていた。もう何年も前からナティタス祭にこの四つを持ってきているという。

「感謝の気持ちを表すため？」私は尋ねた。

「そうね、お礼のためもあるけど、今日はナティタスの日だから。ナティタスのお祭りよ」

ヒメナはそう私の誤解を正した。

ヒメナと話している最中に教会の正面玄関の扉が開き、頭蓋骨を抱えた人々が殺到した。できるだけ祭壇に近い位置を確保しようとしている。参加歴の浅い人たちはためらい、信徒席から遠慮がちに様子を見ていたが、経験豊かな女性たちは人をかき分けて進み、仲間の女性の頭蓋骨を人の手から手へ渡して前に送るのを手伝った。

祭壇の左手にガラスのケースがあり、等身大のキリスト像が飾られている。額と頬からずいぶん派手に血を流していた。紫色の布の下から血まみれの足が突き出していた。チョコレートウエーファーの空き箱に入れたナティタスを抱えた女性は、キリスト像のところで足を止め、胸の前で十字を切ったあと、人を押しのけて最前列を目指した。

カトリック教会はナティタス信仰を認めているわけではないが、その日、信者の前に立った司祭は意外なほど穏やかな調子で話した。「信仰があれば、言い訳は必要ありません。私たち一人ひとりに物語があります。今日は、言うなれば誕生祝いです。こうして皆さんとお会いできたことをうれしく思います。ささやかな幸せです」

ぎゅう詰めの教会で私のすぐそばにいた若い女性は、司祭が頭蓋骨を歓迎する理由をこんな風に説明した。「お祭りの規模が大きくなって、さすがのカトリック教会も態度を軟化させるしかないってことじゃないかしら」

頭蓋骨とその持ち主たちは、左右に二カ所ある扉からぞろぞろと出ていく。扉のそばに大きなバケツに入った聖水が置いてある。聖水撒布用の刷毛の代わりに薔薇の造花があり、みな通り過ぎざまにそれを取ってナティタスに聖水を振りかけた。サングラスをかけたナティタスもあれば、王冠を載せているものもある。丹精こめて作られた小さな祭壇に祀られているナティタス、厚紙の箱に収められたナティタス。ある女性は、赤ん坊のナティタスをお弁当箱サイズのクーラーバッグに入れていた。その日、全員のナティタスが教会の祝福を受けた。

頭蓋骨が信者と神のあいだを取り持つ地域は、ボリビアだけではない。教会は頭蓋骨信仰を蔑視するが、皮肉なことに、ヨーロッパのカトリック教徒は一〇〇〇年以上も前から聖遺骨や骨を仲介役にしている。ナティタスの役割は、何年か前、イタリアのナポリで見た頭蓋骨のそれと似ている。

「イギリス人？」ナポリのタクシー運転手は私を見てそう尋ねた。

「惜しい」

「オランダ人？」

「アメリカ人です」

「アメリカーナ！　で、どちらまで？」

「チミテーロ・デッレ・フォンタネッレ……」私はくしゃくしゃになった旅程表を確認する。

「マテルデイのフォンタネッレ通りの墓地」

運転手が眉を吊り上げるのがバックミラーに映った。

「洞窟墓地？　カタコンベ？　だめだめだめ、あそこはだめだよ」

「どうして？」私は聞き返した。「今日は開いてないとか？」

「あんたみたいなきれいなお嬢ちゃんが行くところじゃないからだよ。観光で来てるんだろ？　だったら墓なんて見ちゃだめだ。お嬢ちゃん向きじゃない。それよりビーチに案内しよう。ナポリにはきれいなビーチがたくさんある。どのビーチがいい？」

「ビーチが似合うタイプじゃないんです」私は言った。

「だからって墓が似合うタイプには見えないな」運転手は切り返した。

そう言われて改めて考えると、そう、自分ではお墓が似合うタイプだと思う。まだ死んでいなくてもお墓が似合うタイプと認定してもらえるなら。

「ありがとう。でも、予定どおりフォンタネッレ墓地にお願いします」

運転手は肩をすくめ、タクシーはナポリの丘を登る曲がりくねった石畳の道をたどって走り出した。

フォンタネッレを〝墓地〟だと思っていると、現地で面食らうことになる。実際には大きな白い洞窟だからだ。より正確を期すなら、凝灰岩の採掘場跡だ（凝灰岩とは、火山灰が固結してできる岩のこと）。この凝灰岩の洞窟には、一七世紀のペスト流行の犠牲者から一八五〇年代のコレラ流行の死者まで、何世紀にもわたってナポリの貧しい人々や無縁の死者が葬られてきた。

一八七二年、ガエタノ・バルバティという神父が一念発起し、フォンタネッレ墓地にごちゃごちゃに押しこまれていた遺骨を整理分類して目録にする作業に取りかかった。市民ボランティアも手伝い、敬虔なカトリック教徒らしく無縁の死者のために祈りを捧げながら、頭蓋骨をこちらの壁際に、大腿骨はあちらの壁際にと積み上げた。問題は、頭蓋骨に祈りを捧げる行為が洞窟内だけで終わらなかったことだ。

無縁の頭蓋骨を信仰するカルトが自然に発生した。近くの住民はフォンタネッレ墓地に来て、自分のペッゼンテッレ――〝哀れな小さい人〟――にお参りした。特定の頭蓋骨を〝採用〟し、きれいに磨き、祭壇を作り、お供えをし、頼み事をした。頭蓋骨は新たな名前を与えられ、夢に現れた。

カトリック教会はこれをよしとしなかった。一九六九年には墓地を閉鎖し、ナポリ大司教が〝死者のカルト〟は「根拠がなく迷信的」と断じた。教会の主張によれば、煉獄にとらわれた魂（たとえば無縁の死者）のために祈るのはよいが、無縁の死者には生者の願いを実現させるような特別の超自然的な力は備わっていない。しかし生者の見解は違っていた。

研究者のエリザベス・ハーパーは、頭蓋骨信仰は「困難な時期にこそ力を発揮し」、とくに病気や自然災害や戦争によってつらい経験をした女性たちのあいだで信仰されたと指摘する。何より重要な要因は、女性が「カトリック教会内で力や知的資源を与えられていなかった」ことだ（一〇〇〇〇キロメートル離れたラパスに住むアーティスト、アンドレス・ベドヤも同様の指摘をしている。アンドレスは「あの世との関係においてカトリック教会に顧みられなかった」女性たちがナティタスに大きな力を見出したと話す）。

二〇一〇年にフォンタネッレ墓地を再開放したあとも、教会はあいかわらず警戒をゆるめていないが、頭蓋骨信仰はいまなお消滅していない。洞窟に広がる白い骨の海のところどころに、鮮やかな色が浮かんでいる。ネオンカラーのプラスチックのロザリオ、赤いガラスに入った蠟燭、真新しい金貨、祈りのカード、プラスチックのキリスト像、ときには宝くじ券まで、遺骨のあいだにぽつぽつと見える。新しい世代が頭蓋骨信仰を受け継ぎ、自分だけの特別な力を持ったペッゼンテッレを見つけているのだ。

午前一一時、ナティタス祭は大盛況だった。祝福を受けたナティタスが墓地にずらりと列を作り、その前にコカの葉や花びらなどの供え物が並ぶ。警察官が墓地のゲートで荷物をチェックし、アルコールの持ち込みを取り締まっていた（酔っ払いが起こした暴力沙汰により、新しいナティタスが生まれる事件が過去にあったせいだ）。お酒がなくても、まだほかの罪悪がある。火のついた煙草は、ヤニで汚れたナティタスの歯のぎりぎりまで燃え尽きる。

「ねえ、喜んで吸ってるんだと思う？」私はポールに尋ねた。

「まあ、楽しんでるんじゃないの」ポールは興味なさそうに答え、コヨーテ帽をかぶって人込みに消えた。

アコーディオンとギター、木の太鼓で編成される楽団のやかましい生演奏に合わせ、ナティタスを持って踊っている女性がいた。頭蓋骨を高々と掲げてお尻を振っている。これは頭蓋骨の日、頭蓋骨のお祝いなのだ。

お父さんの頭蓋骨と並んで座っている男性がいた。お父さんは以前、この共同墓地に埋葬されていたのだという。そう聞いて、こう首をかしげないわけにはいかなかった。埋葬されていたのなら、いまはメタルフレームの眼鏡をかけ、七重の花輪を頭に載せている頭蓋骨をこの人はどうやって手に入れたの？

墓地を散策すると、空っぽのお墓がいくつかあった。周辺にガラスの破片やコンクリートの塊が散らかっている。墓標の上に黄ばんだ紙が貼りつけてあった。通告書らしい。「一月四日付最終通告。故だれそれの遺族に告ぐ……」

その内容から察するに、パパの遺体を保管していた区画の賃貸料を遺族が滞納し、パパは立ち退き処分を食ったらしい。次は合祀《ごうし》墓に入ることになるのかもしれない。あるいは、骸骨の姿で家族に返されてナティタスになるのかもしれない。

エルヴィス・プレスリーそっくりに唇をゆがめて笑っているミイラ化したナティタスをのぞきこんでいると、私と同世代くらいの女性が近づいてきた。ほぼ完璧な英語を話すその人は、こう言った。

「外国の方ですよね。きっとこう思ってらっしゃるでしょう。この騒ぎはいったい何なのって」

その人の名前はモイラといい、毎年、友人と一緒にナティタス祭に来るのだそうだ。友人は自宅に二つナティタスを持っている。最初に手に入れた、霊力が強いほうのナティタスは、夢に現れ、田舎の野原で彼を待っているからと告げたのだという。友人はそこへ行って〝彼女〟を見つけ、ディオニーと名づけた。もう一つの名前はファニート。一年中、いろんな人が彼の家に来てナティタスを拝む。

「妹の猫がいなくなったことがあってね」モイラは言った。「妹は独り暮らしだから、その猫を自分の子供みたいに大事にしてたの。四日たっても猫は帰ってこなかった」

そこで妹さんはナティタスのディオニーに相談し、我が子同然の猫を探すのを手伝ってくださいと頼んだ。するとディオニーは妹さんに夢を見せ、猫は道ばたに捨て置かれて車内まで草ぼうぼうになった自動車の陰にいると教えた。

「妹の家の裏の坂道を上ったところに、ボディだけになった車が一五年くらい放置されているの。探したら、猫がいたわ。車の後ろの穴に落ちて、出られなくなってたのよ！

これは一週間くらい前のできごと」モイラは言った。「妹はディオニーに念のため猫を脅かしておいてって頼んだそうよ。二度と逃げ出さないようにね。そうしたら、猫は庭の敷地から一歩も出なくなったんですって。まるで首縄で引き留められてるみたいに」

猫が見つかったのは、本当に頭蓋骨の力のおかげだと信じているのだろうか。尋ねてみると、モイラはちょっと考えてから答えた。「頭蓋骨にお願いするときの信仰の力のおかげじゃないかしら。肝心なのはそれよ」

モイラはまたしばらく考えてから、笑って付け加えた。「単なる偶然なのかどうか、私にもわからない。いずれにせよ、猫は無事に見つかったの！」

どんな祈りも、聞き届けられたのはただの偶然と思う人もいるだろうし、そうではないと信じる人もいるだろう。私がラパスに行ったのは、ナティタスに本当に魔法の力があるかどうかを確かめるためではない。それより私が興味を引かれたのは、ドニャ・エリーやドニャ・アナ、ナティタス祭に集まった数百の人々——死者に慰めを見出し、それを使って神とじかに対話する力をカトリック教会の男性指導者たちの手から取り戻そうとしている人たちだ。ポールのちょっと失礼かもしれない言葉を借りるなら、頭蓋骨は「恵まれない人のためのテクノロジー」なのだ。恋愛であれ、家族や学校のことであれ、どんな些細な悩みにもナティタスは耳を貸す。しかもナティタスが誰かをのけ者にすることはない。

アメリカ・カリフォルニア州ジョシュアツリー

理想の死に方、葬られ方

死体を求めて世界中を旅して回ったあげく、一番親しみを感じる死体は家のすぐ近くにあったと気づくことがある。ロサンゼルスに帰ったとき、私の葬儀社は何一つ変わらずに待っていた――同僚の葬儀ディレクター、辛抱強いアンバーも。私がボリビアで頭蓋骨を拝み、投資信託で利益が上がりますようにと祈っているころ、アンバーはここで火葬の手配をしたり、悲しみで取り乱した遺族を慰めたりしていてくれた。

私が経営する葬儀社アンダーテイキングLAには、エンバーミングを拒んだミセス・シェパードの自然葬の予約が入っていた。旅行で多くを学んだ私は、やる気に満ちあふれた状態で仕事に戻った。私の心のなかでは、悲嘆に暮れる遺族は愛情をこめて遺体の支度を調え、

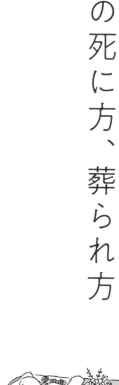

クジャクの羽やシュロの葉を飾った手縫いの埋葬布でくるむはずだった。夜明けの空の下、蠟燭を手に、花びらを撒き、歌を歌いながら行く葬列の先頭に私たちが立つはずだった。

しかし、実際には——私の妄想と現実は違っていた。

遺体処置室に安置されたミセス・シェパードは、その時点で死後六週間が経過していた。ビニールの死体袋に入ってロサンゼルス検視局の冷蔵庫に保管されていたのだ。アンバーと私は遺体の左右に立ってジッパーを引き開けた。目の下にカビが生え、首や肩まで広がっていた。腹部は陥没し、濃いアクアマリン色に変わっている（腐敗した赤血球がこの変色を引き起こす）。ふくらはぎの皮膚の表層は剝がれ落ちていた。死体袋のなかは沼のようで、ミセス・シェパードは自分の血と体液に浸かっていた。

ビニールの牢獄からミセス・シェパードを救い出して、まずは全身を洗浄した。石鹼水がスチールのテーブルを伝い、遺体の足もとに開いた小さな穴から流れ落ちていく。アンバーは遺体の髪を洗った。真っ白だった髪は血が乾いて茶色くなっていた。アンバーは頭皮のカビが生えた部分をいじらないよう用心していた。二人とも無言で手を動かした。腐敗した遺体を前にして、いつもより言葉数が少なくなっていた。水気を拭ってみると、遺体にはまだ漏れきっていない体液が残っているとわかった。アンダーテイキングLAが普通の葬儀社だったら、〝漏洩〟による被害を最小限にとどめる奥の手はいろいろある（サランラップ、おむつ、パウダー状の化学薬品。なんなら頭のてっぺんから爪先まで覆うビニールのボディスーツだってある）。しかし自然葬の墓地では、化学製品で漏洩を封じた死体の埋葬は受け付けてもらえない。

ミセス・シェパードをそのまま埋葬布でくるんだ。何重にもしっかりくるめば染み出してこないだろうと期待した。埋葬布は、無漂白のコットン地を使ってアンバーが手縫いしたものだ。遺族は貧しい。私たちは可能なかぎりコストを抑えようと努めた。その前日、私はアンバーから携帯メッセージを受け取っていた。ジョアン生地店発行のレシートの写真に、こんなキャプションがついていた──「見て！　ジョアン生地店のポイントを使ったら、埋葬布代を四割も節約できた！」

完成した埋葬布はすてきだった。結んで留めるための紐や運搬用の持ち手もちゃんとついていた（クジャクの羽やシュロの葉の飾りはついていなかったけれど）。

埋葬布にくるまれたミセス・シェパードをバンの荷台に載せ、ロサンゼルスから〝内陸《インランド》帝国《エンパイア》〟（トールキンの本に出てきそうな地名だけれど、実際はどこまでも住宅街が連なっているだだっ広い地域）を東へ走ること二時間半、モハーヴェ砂漠に到着した。砂漠地帯に入ったとわかるのは、景色が変わるからではなく、微妙に古い有名人が交代で出演するライブの大形看板が林立するからだ（このときは歌手のマイケル・ボルトンとラッパー兼俳優のリュダクリスだった）。そこを過ぎると、道は正真正銘の砂漠に突入する。そこここに立つジョシュアツリー（ヨシュアノキ、学名ユッカ・ブレヴィフォリア）がとがった葉が生えた腕を天に突き上げ、ドクター・スースの絵本のキャラクターっぽいユーモラスなポーズを取っていた。

ジョシュアツリー・メモリアル霊園は、当初から自然葬墓地として建設されたわけではない。多くの（時代の空気に敏感な）墓地と同じく、敷地の一部を自然葬用に開放しただけだ。ジョシュアツリーまでの距離がネックになって、ロサンゼルス市民は利用しにくい。だって、家族のお墓は自宅に近いほうがいいに決まっている。でも、ロサンゼルスのどこにちょうどいいお墓が――？　大勢の有名人が眠っているフォレストローン・メモリアル霊園では、コンクリートや金属の分厚い箱を土中に作ってそこに棺を納めなくてはならないし、自然葬の区画は用意されていない。ただし、死体をできるだけ自然な形で埋葬すべしと教義で定めているユダヤ教徒とイスラム教徒には例外を認めている。といっても、コンクリートの箱に小さな穴を何カ所か開け、申し訳程度の土がなかにこぼれ落ちるようにするだけのことだ。

サンタモニカのウッドローン墓地には最近になって自然葬の区画ができた。しかし自然葬のほうがよほど手間がかからないのに、その区画を購入するにはなぜか数千ドルの〝グリーン〟料金を上乗せして支払わなくてはならない（そう聞いて枕に顔を埋《うず》めて号泣したくなった人、遠慮なくどうぞ。話を中断して待っていますから）。

ジョシュアツリー・メモリアル霊園の自然葬エリアは二〇一〇年にオープンした。木塀に囲まれた敷地に六〇の区画が用意され、うち四〇の区画はすでに契約済みだ。自然葬エリアは、周囲を取り巻く砂漠と比べてひどく小さく、現代の埋葬に関連する規則の滑稽さがいよいよ際だって感じられる。昔は世界のすべてが埋葬地だった。農場や牧場、町の教会の庭――どこだって好きな場所に埋葬できた。私有地への埋葬に制限を設けていない州は、いまでもいくつかある。しかしカリフォルニアはそのうちの一つではなく、州民の死体は、砂漠に囲まれたちっぽけな敷地に追い立てられている。

日本で会った大徳院両国陵苑の増田住職は、アメリカの火葬率が上昇している理由の一つは、このままいくと埋葬できる土地がなくなってしまうのではという不安にあると聞いているそうだ。だが、その理由が理解できないとも言った。「私のような日本人から見ると、アメリカは広大な国です。土地なんていくらでもありそうに見えますよ。大きな霊園や墓地を作るのは簡単なのでは」

〝グリーン〟な埋葬は、文字どおり〝グリーン〟でなくてはならないと考える人もいる。なだらかに起伏する緑色の丘、鬱蒼とした森、ヤナギの木陰のお墓。ずんぐりしたチョーヤサボテンやメキシコハマビシ、アオイなどが砂地でたくましく育っているジョシュアツリー・メモリアル霊園は過酷な環境で、神秘的な再生には向かない場所と思えるかもしれない。

しかし砂漠は昔から反逆者、荒ぶる精神の持ち主を育んできた。カントリー・ロックのミュージシャン、グラム・パーソンズは、ジョシュアツリーのホテル客室で、ヘロイン、モルヒネ、アルコールの過剰摂取により二六歳の若さで亡くなった。パーソンズのがめつい（とされる）継父は、遺産狙いで遺体をニューオーリンズに搬送しようとした。〝遺体の持ち主が遺産をもらえる〟との誤った思いこみがあったからだ。

パーソンズの親友フィル・カウフマンには別の思惑があった。二人のあいだで、一方が死んだ場合「もう一人は遺体をジョシュアツリー国立公園に運び、献杯して燃やす」という約束を交わしていたからだ。

カウフマンと共犯者は、魅力的な人柄と酒の勢いを武器に、パーソンズの棺がロサンゼルス国際空港にあることを突き止め、いままさにニューオーリンズ行きの飛行機に積みこまれようとしているところで追いつくと、パーソンズの遺族の意向が変わったと航空会社の従業員に信じこませた。二人は警察官まで味方につけ、航空会社の従業員にも手伝わせて、パーソンズの遺体を急ごしらえの霊柩車（ナンバープレートなし、ウィンドウは割れ、車内は酒瓶だらけだった）に積み替えた。車は猛スピードで国際空港を離れた。パーソンズは荷台でがたごと揺れていた。

二人はジョシュアツリー国立公園内のキャップ・ロックと呼ばれる丸い巨石の前で棺を下ろし、パーソンズの遺体にガソリンを撒いて火を放った。夜空を焦がさんばかりの火柱が噴き上がった。

二人は大急ぎで立ち去った。しかし、ガソリンを振りかけた程度で人の体は完全に燃え尽きない。パーソンズは中途半端に焦げた状態で発見された。カウフマンと共犯者は複数の軽犯罪を重ねたわけだが、問われたのは棺の窃盗罪（「遺体の」ではない）だけだった。回収されたパーソンズの遺体はニューオーリンズで埋葬された。継父が遺産をせしめることはなかった。

私たちのミセス・シェパードは、〝献杯して燃や〟されたい意向を生前に残していなかった。しかし若いころからずっとリベラル派の活動家であり環境保護活動家でもあったため、遺族はエンバーミングや金属製の棺はミセス・シェパードの意向にまるきり沿わないだろうと考えた。

生まれも育ちもジョシュアツリーだという全身タトゥーだらけのトニーが、その日の早朝、情け容赦のない太陽が昇る前に、深さ一・五メートルほどの穴を掘ってくれていた。砂状の真砂土《まさど》が穴のすぐ脇で小山をなし、穴には四枚の板が渡してあった。

私たちはミセス・シェパードを運んでいき、埋葬布にくるんだ遺体を板の上にそっと横たえた。真下に墓穴が口を開けている。埋葬布越しに遺体の輪郭が見て取れた。ここがまだ原野だったころの埋葬の儀式はきっとこうだったろうと思うと、とても謙虚な気持ちになった。あるのは原野とシャベル一本、数枚の板、埋葬布、そして男性か女性の遺体。霊園の従業員が三人、長い紐を引いてミセス・シェパードの遺体を板から数センチ浮かせ、私はしゃがんで板を引き抜いた。遺体が静かに下ろされていく。トニーが穴のなかに飛び降りて遺体がいきなり転がり落ちたりしないように支えた。

いっときの沈黙のあと、三人がシャベルや熊手を使ってミセス・シェパードの上に真砂土をかけていった。途中で石の分厚い層をはさんだ。好奇心をくすぐられたコヨーテに掘り返されるのを防ぐためだ（といっても、これは単なるおまじないと思ってよさそうだ。自然葬墓地に腐食動物が集まってきた事例はこれまで一つもないのだから）。一〇分ほどで穴は完全に埋め戻された。ほかの墓地なら、掘り返された部分の草がなくなって、左右に広がる緑の風景のなかにぽつんと四角い墓の輪郭がくっきりと残っただろう。トニーとほかの三人が作業を終えた瞬間にはもう、どこがお墓なのか、まったくわからなくなっていた。ミセス・シェパードは、果てしなく続く砂漠に完全に消えていた。

死んだら跡形もなく消えること。ミセス・シェパードのように大地にのみこまれて消えることができたら、このうえない幸運だ。といっても、私の第一希望はそれではない。

二分後、彼らは空っぽになった棺架と白い布を持って戻ってきた。その背後で扉が閉ざされるなり、一〇羽を超えるハゲタカが空から急降下してきて死体に群がった。その数は見る間に増えていった。五分後、食欲を満たしたハゲタカは飛び立ち、手すりに止まってくつろいだ。あとに残されたのは骨だけだった。

右の引用は、一八七六年にロンドンの『タイムズ』紙に掲載されたダクマ――西洋では不気味な訳語〝沈黙の塔〟として知られている――の取材記事の一部だ。その日、ハゲタカの群れは、人間の死体を数分のうちに食い尽くした。これこそまさに、パールシー（イランからインドに移り住んだゾロアスター教徒の末裔）が望む死後だ。ゾロアスター教では、土、火、水の自然要素は神聖なものととらえられ、不浄な死体で穢してはならないとされている。火葬と土葬は、死体処理法として御法度《ごはっと》なのだ。

パールシーが初めて沈黙の塔を建設したのは、一三世紀後半のことだった。今日でも、ムンバイの超高級住宅街を見晴らす小高い丘のてっぺんに沈黙の塔が三基そびえている。天井のない煉瓦積みの円形劇場といった形状で、上から見ると同心円が三つあり、年間八〇〇体の死体がそこに並べられる。外側の輪に男性、真ん中に女性、一番内側の輪には子供。（ハゲタカが食べたあと）残った骨は中央の空洞部分に集められ、そこでゆっくり分解されて土に還る。

パールシーの葬送の儀式は複雑だ。死者は牛の尿で清められたあと、遺族と塔の世話人の手で洗浄される。聖典を誦し、灯明を上げて悪霊を退け、夜を徹して祈りを捧げる。そのあとようやく遺体は塔に運ばれる。

この伝統的な儀式は近年、壁に突き当たっている。インドのハゲタカの生息数が四億羽に上った時代もあって、一八七六年には死体はあっという間に食い尽くされるのがふつうだった。

「昔は沈黙の塔のてっぺんでハゲタカの群れが死体の到着を待っていたものだとパールシーは懐かしむ」ハーヴァード大学でゾロアスター教研究を担当する講師ユーハン・ヴェヴェイナはそう話す。「しかし現在、その姿が見られることはない」

炎なしに火葬するのは難しい。ハゲタカなしにハゲタカによる死体処理を行うのはさらに難しい。ハゲタカの数は九九パーセント減少していた。一九九〇年代初頭のインドでは、畜牛の治療にジクロフェナク（イブプロフェンに似た穏やかな消炎鎮痛剤）の投与が認められていた。この薬はひづめや乳房の痛みを緩和した。しかし牛が死に、ハゲタカがいつものように上空から舞い降りてきて食事にありついた結果、ジクロフェナクがハゲタカの腎臓を冒した。鋼鉄の胃袋を持つハゲタカ、照りつける太陽のもと腐肉をついばんで平然としていたハゲタカが、頭痛薬程度の薬で命を落とすなんて、なんだか理不尽な気がする。

死者が沈黙の塔に横たえられて空のダンサーたちをいくら待とうと、当の空のダンサーたちは一羽もいない。近所に死臭が漂った。たとえばデューン・バリアの母親の遺体は、二〇〇五年に塔に横たえられた。バリアは塔の世話人の一人から、塔に並んだ死体は天日にさらされて腐り始めているが、ハゲタカはどこにもいないと聞かされた。バリアはカメラマンを雇い、塔に潜入させた。そのとき撮影された写真（野ざらしにされて腐りかけたいくつもの死体がたしかに確認できる）は、パールシーのコミュニティを騒がせた。

　塔の世話人は、ハゲタカなしで問題を解決できないかとあれこれ試みた。鏡をいくつも設置して、日光を何体かに集中させた。九歳の子供が拡大鏡を使って昆虫を焼き殺すのに似ている。しかし日光攻撃は、曇ってばかりのモンスーン季にはまるで無力だった。そこで化学薬品をじかに注いで肉を溶かそうとしたが、見るも無惨な死体が量産されただけだった。デューン・バリアら遺族は、パールシーの伝統を見直し、時代に即したしきたりを受け入れて、土葬や火葬を試してはどうか、そうすればバリアの母親の遺体が中途半端な状態で冷たい石板の上に放置されるような事態が防げるではないかと疑問の声を上げている。しかし祭司たちは頑固だ。ハゲタカがいようといまいと、沈黙の塔は現状のままであり続ける。

　これ以上の皮肉があるだろうか。アメリカには、人生の終わりに自らの肉体を動物に与えるというアイデアに心を惹かれている人が大勢いる。そして、アメリカにはハゲタカをはじめとする腐食動物がたくさんいて、その望みを叶えることができる。しかし政府や宗教指導者らは、アメリカの国土でそのようなおぞましい光景が繰り広げられることを決して許可しないだろう。許さん、とアメリカの指導者は言う。火葬と土葬。その二つから選びなさい。

　デューン・バリアや、同胞の遺体の扱いに疑念を抱き始めた大勢のパールシーは、火葬や土葬の可能性を探りたいと考えている。許さん、と彼らの指導者は言う。ハゲタカ。それ以外の選択肢は一つとしてない。

鳥葬の存在を知ったときから、私が死んだら鳥葬に付してもらいたいと考え始めた。動物による葬送は、死体の処分方法としてもっとも安全で、環境を汚す心配がなく、そしてもっとも人道にかなった手段だと思う。しかも、死にまつわる現実を直視させ、この惑星における人類の真の役割へと私たちを導くような新しい儀式にもなるだろう。

チベットの山間部は、木が乏しくて火葬用の薪が手に入らず、地面は岩と氷だらけで土葬に向かない。そこで数千年の昔から天葬が行われてきた。

死者は生まれる前と同じ胎児のポーズを取って布でくるまれる。ラマ僧がお経を唱えたあと、ロギャパと呼ばれる解体職人に引き渡される。解体職人は布をほどき、切ったりのこぎりで引いたりして死体の皮膚や筋肉、腱を剝がしていく。合間に大きな刃物を近くの岩で研ぎ直す。死体は人間というより動物のものに見える。

世界各地にさまざまな死のプロフェッショナルがいるが、私個人は、チベットの解体職人になりたいとは思わない。BBCの取材に応えて、ある解体職人はこう話した。

「数え切れないほどたくさんの天葬を経験してきました。それでもやはり、仕事にかかる前にはウィスキーが必要です」

近くにはすでにハゲワシが集結し始めている。ヒマラヤハゲワシは、ふつうに想像するよりずっと大型で、翼幅は三メートル近くにもなる。ぎゅう詰めに集まって耳障りな鳴き声を上げるハゲワシを、解体職人が長い棒を使って制する。密集したハゲワシは、一個の大きな羽毛の球のようだ。

解体職人が大きな槌で骨を叩いて肉をほぐし、ツァンパという大麦の粉とヤクバターまたはヤクミルクを混ぜたものをまぶす。骨や軟骨組織を先にハゲワシに食べさせ、いちばんおいしい肉をわざとあとに回すこともある。おいしい部分だけ食べて満腹になり、食事に関心を失って、死体がまだ残っているのに飛び去ってしまうのを防ぐためだ。

合図が発せられ、長い棒が引っこめられると同時に、ハゲワシは猛烈な勢いで群がる。腐肉に食らいつく野蛮な獣のような鳴き声を上げていても、その姿はやはり優美な空のダンサーだ。やがて天高く舞い上がって死者を空に葬る。自分の体をそうやって食わせるのは――肉体を自然に返し、そこで次の役に立ててもらうのは――高潔な贈り物だ。

先進国の市民は、この原始的で血なまぐさい死体処理法に抜きがたい魅力を感じるようだ。チベットは、ダークツーリズムあるいはタナツーリズム（〝タナ〟とはギリシャ語で〝死〟を意味する接頭辞）の流行が伝統儀式に及ぼし始めた影響に頭を痛めている。二〇〇五年、政府は天葬の見物、写真撮影、動画撮影を禁止する法律を発布した。しかしツアーガイドは、いまも中国東部から来た観光客を乗せた四輪駆動車の集団を率いてぞろぞろやってくる。ハゲワシがついばむ場面には当の死者の遺族さえ立ち会わないというのに、二十数人の中国人観光客がｉＰｈｏｎｅを手に待ち構える。火葬ののち手渡されて持ち帰る遺灰の詰まった骨箱と違って、小綺麗に整えられていない珍しい死を画像に収めようと、カメラを向けるのだ。

写真撮影禁止の規則を破って岩陰に隠れ、望遠レンズで天葬を撮影しようとした西洋人の旅行者の話を耳にしたことがある。その人は、ハゲワシはいつもならその尾根で待っているのに、自分がそばにいるせいでその日は集まらずにいることにまったく気づかなかった。彼を警戒したハゲワシは、結局、ついばみに来なかった。儀式を営む人々はそれを凶兆と受け止めた。

人生の最初の三〇年、私は動物の肉を食べて生きてきた。ならば、自分が死んだとき、この体が彼らに食われるのを拒む理由があるだろうか。私だって動物であることには変わりがない。

今回の旅では、ぜひチベットにも行ってみたかった。でも、本当に行こうという気にはどうしてもなれなかった。いまの社会によほど大きな変化が起きないかぎり、この体を鳥に食べてもらう夢は叶わないだろう。しかも、天葬をこの目で見ることさえ叶わないかもしれない。私が望遠レンズを携えた観光客、ハゲワシを追い払ってしまったという観光客だったなら——きっと罪滅ぼしにその場に横たわり、鳥たちにこの身を差し出さずにはいられなかっただろう。

おわりに

さわやかに晴れた秋のある日、オーストリアはウィーンで、聖ミヒャエル教会の地下墓地のお一人様ツアーを体験した。先に立って急な石階段を下りていくベルナールという名の若きオーストリア人ツアーガイドは、完璧な英語を操ったが、なぜかアメリカ深南部のアクセントがあった。

「おかしなアクセントがあると前にも指摘されたことがあります」ベルナールは母音をやけに伸ばす南部風の発音で認めた。私は南北戦争当時の南軍の将校を連想した。

ベルナールによると、ハプスブルク家の人々が聖ミヒャエル教会に通っていた中世期、教会の目の前、中庭に墓地があったのだという。しかし、ヨーロッパの大都市の例に漏れず、墓地は満員になってしまった——ベルナール風に言えば「ふはーいしかけのしたーいがやまづみーに」。近隣の住人（すなわち皇帝）から、臭いをどうにかしてくれと苦情が出るほどだった。墓地は閉鎖され、聖ミヒャエル教会の地下深くに新しく地下納骨堂が造られた。一七世紀のことだ。

地下納骨堂に葬られている数千の死体は、木の棺にウッドチップを敷き詰めた上に横たえられている。このウッドチップが、死体から流れ出した腐敗汁を吸収した。それが乾いたあと棺のなかは乾燥した状態に保たれ、地下墓地に流れこみ続けた冷気との相乗効果で、死体は自然にミイラ化した。

ベルナールは懐中電灯の光を男性の死体の一つに向けた。バロック時代のかつらのレース状の裏地が照らし出された。ぴんと張りきった灰色の皮膚にくっついている。骨と頭蓋骨が積み上げられた納骨堂にありがちな光景を眺めながら先へ進むと、とても保存状態のよい女性の死体があった。死後三〇〇年くらいたっているのに、まだきれいに原形を保ったままの鼻が高く突き出ている。すっと伸びた細い指を胸の上で交差していた。

聖ミヒャエル教会では、地下納骨堂のミイラのうち四体を一般に公開している。ベルナールが受ける質問で一番多いのは、誰でも思いつきそうなものだ。

「どうしてミイラ化したんですか」

「最近、木の棺を食べる甲虫がニュージーランドから侵入してきているって聞きますけど、この教会ではどんな対策をしていますか」（答え：エアコンを設置した）

しかし、見学者、なかでも若い層の人々が真っ先に尋ねるのは――「ここにある死体、みんな本物なの？」

骨や頭蓋骨の山、無数に安置された棺、めったにお目にかかれないミイラたちは、自分が暮らす街の歴史そのものであるのに、もしかしたらテーマパークのお化け屋敷みたいなお化け納骨堂アトラクションなのではと疑っているみたいに。

地球上のほとんどの大都市では、どこにいようと、あなたのすぐ下におそらく数千の死体が埋まっている。それらは、私たちの足もとに人知れず存在している歴史を象徴するものだ。たとえば、ロンドンではいま新しい地下鉄線の建設が進んでいるが、二〇一五年、リバプール・ストリートの新駅の工事現場で、三五〇〇体の人骨が発掘された。一六世紀から一七世紀ごろのもので、一六六五年に大流行した腺ペストの犠牲者の合同墓地も含まれている。また、火葬には化石燃料を使う。〝化石〟燃料なのは、動植物の死骸からできたものだからだ。植物は、枯れた植物が腐敗した有機物から養分を得て成長する。この本のページは、最盛期に切り倒された樹木を原料としたパルプから作られている。私たちの周囲にあるものは、すべて死から生まれた。あらゆる都市のあらゆる地域、あらゆる人のあらゆる部位が、死の上に成り立っている。

秋のウィーンで、地下納骨堂の見学ツアーがお一人様ツアーだったのは、私が〝どの死体も見放題の特別パス〟を持っていたからではない。ツアーの集合場所に現れたのが私一人だったから、それだけのことだ。

その日、教会の前の広場――かつて超満員の墓地だった場所――には、大勢の小学生が集まっていた。ホーフブルク宮殿を早く見学したくてみんなうずうずしていた。宮殿には、宝石や黄金の笏など、歴史的遺産がたくさん陳列されている。しかし、広場のお向かいの教会の石の階段をちょっと下りれば、王様の笏よりずっとたくさんのことを教えてくれる死体が並んでいる。自分たちより先に生きていた人たちの全員が死んだことを示す確かな証拠だ。誰もがいつか死ぬ。身近にある死を見て見ぬふりをすることは、決して自分のためにならない。

私たちは死から目をそらすが、それは一人ひとりの落ち度ではない。文化全体の落ち度だ。死と向き合うことは、臆病な人にはきっと重荷だろう。社会を構成する個人に、それぞれ一人きりで死と向き合いなさいと言うのは無理難題だ。死を受け止めるのは、死のプロフェッショナルの全員が負うべき責任でもある。葬儀ディレクター、霊園の経営者、医療関係者。死や死体と安心してオープンに交流できるような物理的・精神的な環境を整えることを職務とする者の責任なのだ。

九年前、死者と接する仕事に就いたばかりのころ、業界の人々はよくこんなことを言っていた――死に直面している人とその家族のためにスペースを築いてやらなくてはならない。まだ青臭い固定観念にとらわれていた私の耳には、〝スペースを築く〟は、サッカリンみたいに甘ったるいヒッピーの戯《ざ》れ言《ごと》と聞こえた。

しかし、私は間違っていた。スペースこそが何より肝心なものであり、それこそいまの社会に欠けているものだ。スペースを築くというのは、どう思われるかと心配することなく気がすむまで思いきり嘆き悲しむことができるよう、死者の家族や友人の周囲に防壁を築いて外の世界から守ることを意味する。

今回、私が旅した国や地域には、かならずこの〝スペース〟が用意されていた。その内側で守られる感覚を私もじかに経験した。日本の幸國寺琉璃殿では、青色や紫色を帯びてほのかに輝く仏像が作る球体が私を包みこんで守った。メキシコの墓地では、一枚の鋳鉄のフェンスに守られて、琥珀色に揺らめく数千、数万の蠟燭の明かりとともに過ごした。コロラドの野外火葬場では、天を焦がすような炎を中心に、美しい竹の塀が私を守り、参列者を守った。どの場所にも魔法がかけられていた。悲しみ、想像の及ばない悲しみは、たしかに存在していた。しかし、その悲しみに恥じるべきところは一つもなかった。そこは絶望と真正面から向き合い、「あなたはそこで待ち構えているのよね。あなたの存在を強烈に感じるからわかる。でも、あなたには私の尊厳を奪うことはできないのよ」と宣言できる場所だった。

悲しみに浸りたいとき、西洋の文化では、果たしてどこに行けばいいのだろう？　信仰心が篤い人なら、教会や寺院があるだろう。しかしそれ以外の人たちにとって、人生で一番弱っているその日々は、厄介な障害物だらけの細い一本道のようなものだ。

最初に飛び越えなくてはならない障害物は病院だ。病院はしばしば、冷たくて非人間的なホラーショーにたとえられる。少し前に出席した集まりで、古い知り合いの一人から、しばらく連絡できなくてごめんねと謝られた。聞くと、お母さんがロサンゼルスの病院で亡くなったばかりだったのだという。お母さんは長い闘病生活を経て、最後の数週間は、長期間寝たきりの状態でも床ずれを起こしにくい特殊な空気調整式のベッドで過ごした。お母さんが亡くなると、看護師は気をきかせ、遺体のそばで好きなだけ過ごしてくださいねと言ってくれた。ところが数分後、病室に医師が入ってきた。一家とは初対面なのに、その医師は自己紹介さえしなかった。そしてお母さんのカルテを手に取り、ざっと目を走らせたあと、腰をかがめてベッドのプラグを引き抜いた。マットレスの空気が勢いよく抜けてお母さんの遺体は宙に跳ね上がり、「まるで手足をひくつかせるゾンビみたいに」マットレスの上で左右に転げ回った。医師は無言で病室を出ていった。家族はまったく守られなかった。お母さんが息を引き取ると同時に、家族ごと放り出されたのだ。

第二の障害物は、葬儀社だ。アメリカ最大の葬儀チェーン、サービス・コーポレーション・インターナショナルのある役員は、最近、「葬儀業界は棺の販売を中心に成長してきた」と発言した。しかし、エンバーミングを施したママの遺体を七〇〇〇ドルの棺に納めることに価値を見出す人は減り、代わってシンプルな火葬を選ぶ人が増えてきて、葬儀業界は別の方法で利益を確保する必要に迫られている。たとえば〝葬儀サービス〟ではなく、〝多感覚体験ルーム〟での〝お別れ会《ギャザリング》〟サービスを売り物にすることで。

少し前の『ウォール・ストリート・ジャーナル』紙にこんな記事が掲載されていた。「オーディオおよびビデオ機器を駆使した多感覚体験ルームでは、ゴルフ愛好家だった故人を偲んで、ゴルフ場に来ているかのような感覚を作り出すことが可能だ。そこには刈ったばかりの芝の香りまで漂う。あるいは、ビーチも再現できる。山も、フットボール競技場も」もしかしたら、数千ドルはたいて架空の〝多感覚〟ゴルフ場で葬儀を開けば、遺族は守られた場所で思いきり悲しみを発散できた気になれるのかもしれない。でも、私は疑わしいと思う。

私の母は少し前に七〇歳の誕生日を迎えた。ある日の午後、私は、インドネシアのタナトラジャの人たちのように、母のミイラ化した遺体をお墓から取り出すところを想像してみた。母の遺体を引き寄せ、立たせ、死後何年もたった母の目と視線を合わせる——そう考えても、以前のように恐怖を感じることはなかった。いまの私ならそれができそうだというだけではない。その儀式が悲しみを和らげてくれるだろうという気がした。

スペースを築くのは、遺族を悲しみでくるみこんで動けないようにすることとは違う。スペースを築くとは、意味のある務めを与えるという意味でもある。たとえば箸を使い、手順に従って骨を一つひとつ拾い、骨壺に納めること。祭壇を作り、年に一度、霊が訪れるのを待つこと。墓から遺体を取り出し、汚れを払って着替えさせること。そういった務めは、悲しみの底にある人々の胸に目的意識を芽生えさせる。目的意識は、悲しみを発散する後押しをする。悲しみの発散は、癒やしの初めの一歩となる。

家にただこもっていたら、本来の儀式を取り戻すことはできない。まずはその場に足を運ぶことだ。そうすれば儀式はついてくる。火葬に立ち会おう。埋葬を見届けたいと声を上げよう。自分から積極的に関わろう。たとえその関わりが、棺に横たわるお母さんの髪を整えるだけのことであったとしても。お母さんのお気に入りだった口紅、お母さんならそれなしでお墓に行くなんてありえないと言いそうな口紅をぜひ塗ってあげよう。お母さんの髪を一房切って、ロケットや指輪に入れて身につけよう。不安がることはない。どれも人間らしい行為なのだから。死と悲しみに立ち向かうための、勇敢で愛にあふれた行為だ。

私は母の遺体と心穏やかに接するだろう。なぜなら、私にはスペースが与えられるからだ。その儀式は、真夜中に墓地へ忍びこんでミイラをのぞき見するのとは違う。私が愛した人を、そして私の悲しみを、陽の光のもとへ連れ出す儀式だ。母に挨拶をする私と一緒に、近所の人たちや家族がいる。コミュニティが私を支えてくれる。太陽の光は最良の殺菌剤という。西洋で暮らす私たちは、是が非でもいますぐ取りかかるべきだ——死を取り巻く不安や心残り、悲しみを残らず引っ張り出して、お日様のもとに広げるという大仕事に。

〈謝辞〉

ここだけの話、大勢の人の協力がなかったら、世界旅行なんてきっと実現していなかっただろう。この本は、聖書の創世記風に言えば〝淵の表にあった暗闇〟だった。〝形がなく、むなしかった〟それは、母たるエージェントのアナ・スプロール＝ラティマーと、父たる編集者トム・メイヤーによって形を与えられた。「本あれ！」と二人は言われた。すると本があった。

W・W・ノートンのチーム・ケイトリンの栄えあるメンバーに、心からの感謝を捧げたい。スティーヴ・コルカ、エリン・シネスキー・ロヴェット、サラ・ボーリング、アレグラ・ヒューストン、エリザベス・カー、メアリー・ケート・スケハン。

第一稿に目を通して容赦なくめった斬りにする役割を引き受けてくれたのは――ウィル・C・ホワイト、ルイーズ・ハン、デヴィッド・フォレスト、マーラ・ゼーラー、ウィル・スローカム、アレックス・フランケルだ。ポール・クードゥナリス……あなたがあなたでいてくれることに、ありがとうと伝えたい。あらゆることがらにおいて私の右腕でいてくれ、プライベートな経験を打ち明けてくれたサラ・チャベス。社長の私が留守ばかりしているあいだ、たった一人で業務を軌道に乗せる任を負ってくれた我が社の気の毒な葬儀ディレクター、アンバー・カーヴァリー。ビアンカ・ダールダー＝ヴァン・イアセルとコナー・ハビブは、手足をばたつかせて抵抗する私をゴールラインの向こう側に問答無用で押し出してくれた。

旅行先でお世話になった人たち――コロラド州のクレストン・エンド・オブ・ライフ・プロジェクトの勇敢なメンバー、インドネシアのアグース・ランバとケイティ・インナモラート、メキシコのクラウディア・タピアとマイラ・シスネロス、日本のエリコ・タケウチとアヤコ・サトウ、ノースカロライナ州のカトリーナ・スペードとシェリル・ジョンストン、スペインのジョーディ・ナダル、ボリビアのアンドレス・ベドヤ。

そして最後に、及第点のボーイフレンドから最高の共著者に大化けしたランディス・ブレアに、特大の感謝を捧げる。

〈参考文献〉

はじめに

Benincasa, Robert. "You Could Pay Thousands Less For A Funeral Just By Crossing The Street." National Public Radio, All Things Considered. February 7, 2017.

Fraser, James W. *Cremation: Is It Christian?* Loizeaux Brothers, Inc., 1965.

Herodotus. *The History*. Translated by Grene, David. University of Chicago Press, 2010.（ヘロドトス『歴史』）

Lonely Planet Bali & Lombok. Lonely Planet, 2017.

Seeman, Erik R. *Death in the New World: Cross-Cultural Encounters, 1492-1800*. University of Pennsylvania Press, 2011.

———. *The Huron-Wendat Feast of the Dead: Indian-European Encounters in Early North America*. Johns Hopkins University Press, 2011.

コロラド

Abbey, Edward. *Desert Solitaire: A Season in the Wilderness*. Ballantine Books, 1971.（エドワード・アビー『砂の楽園』越智道雄訳　東京書籍）

"Hindu Fights for Pyre 'Dignity.'" BBC News, March 24, 2009.

Johanson, Mark. "Mungo Man: The Story Behind the Bones that Forever Changed Australia's History." *International Business Times*, March 4, 2014.

Kapoor, Desh. "Last Rites of Deceased in Hinduism." *Patheos*, January 2, 2010.

Laungani, Pittu. "Death in a Hindu Family." In *Death and Bereavement Across Cultures*. Edited by Parkes, Colin Murray, Laungani, Pittu, and Young, Bill. Taylor & Francis, Inc., 1997.

Marsh, Michael. "Newcastle Hindu Healer Babaji Davender Ghai Reignites Funeral Pyre Plans." *Chronicle Live*, February 1, 2015.

Mayne Correia, Pamela M. "Fire Modification of Bone: A Review of the Literature." In *Forensic Taphonomy: The Postmortem Fate of Human Remains*. Edited by Sorg, Marcella H., and Haglund, William D. CRC Press, 1996.

Prothero, Stephen. *Purified by Fire: A History of Cremation in America*. University of California Press, 2002.

Savage, David G. "Monks in Louisiana Win Right to Sell Handcrafted Caskets." *Los Angeles Times*, October 19, 2013.

インドネシア

Adams, Kathleen M. *Art as Politics: Re-crafting Identities, Tourism, and Power in Tana Toraja, Indonesia*. University of Hawaii Press, 2006.

———. "Club Dead, Not Club Med: Staging Death in Contemporary Tana Toraja (Indonesia)." *Southeast Asian Journal of Social Science* 21, no. 2 (1993): 62-72.

———. "Ethnic Tourism and the Renegotiation of Tradition in Tana Toraja (Sulawesi, Indonesia)." *Ethnology* 36, no. 4 (1997): 309–20.

Chambert-Loir, Henri, and Reid, Anthony, eds. *The Potent Dead: Ancestors, Saints and Heroes in Contemporary Indonesia.* University of Hawaii Press, 2002.

Mitford, Jessica. *The American Way of Death Revisited.* Knopf Doubleday, 2011.

Tsintjilonis, Dimitri. "The Death-Bearing Senses in Tana Toraja." *Ethnos* 72, no. 2 (2007): 173–94.

Vialles, Noëlie. *Animal to Edible.* Cambridge University Press, 1994.

Volkman, Toby. "The Riches of the Undertaker." *Indonesia* 28 (1979): 1–16.

Yamashita, Shinji. "Manipulating Ethnic Tradition: The Funeral Ceremony, Tourism, and Television among the Toraja of Sulawesi." *Indonesia* 58 (1994): 69–82.

メキシコ

Bradbury, Ray. "Drunk, and in Charge of a Bicycle." In *The Stories of Ray Bradbury.* Alfred A. Knopf, 1980.（レイ・ブラッドベリ「酔っぱらい、自転車1台所持」、『ブラッドベリがやってくる—小説の愉快—』小川高義訳　晶文社収録）

Carmichael, Elizabeth, and Sayer, Chloë. *The Skeleton at the Feast: The Day of the Dead in Mexico.* University of Texas Press, 1991.

"Chavez Ravine: A Los Angeles Story." Written and directed by Mechner, Jordan. *Independent Lens*, PBS, 2003.

"The Life and Times of Frida Kahlo." Written and directed by Stechler, Amy. PBS, 2005.

Lomnitz, Claudio. *Death and the Idea of Mexico.* Zone Books, 2008.

Quigley, Christine. *Modern Mummies: The Preservation of the Human Body in the Twentieth Century.* McFarland, 2006.

Zetterman, Eva. "Frida Kahlo's Abortions: With Reflections from a Gender Perspective on Sexual Education in Mexico." *Konsthistorisk Tidskrift / Journal of Art History* 75, no. 4 (2006): 230–43.

ノースカロライナ

Brunetti, Ludovico. *Cremazione e conservazione dei cadaveri.* Translated by Cenzi, Ivan. Tipografia del Seminario, 1884.

Ellis, Richard. *Singing Whales and Flying Squid: The Discovery of Marine Life.* Lyons Press, 2006.

Fryling, Kevin. "IU School of Medicine-Northwest Honors Men and Women Who Donate Their Bodies to Educate the Next Generation of Physicians." *Inside IU*, February 6, 2013.

Helliker, Kevin. "Giving Back an Identity to Donated Cadavers." *Wall Street Journal*, February 1, 2011.

Laqueur, Thomas. *The Work of the Dead: A Cultural History of Mortal Remains.* Princeton University Press, 2015.

Logan, William Bryant. *Dirt; The Ecstatic Skin of the Earth.* W.

W. Norton & Company, 2007.
Monbiot, George. "Why Whale Poo Matters." *Guardian*, December 12, 2014.
Nicol, Steve. "Vital Giants: Why Living Seas Need Whales." *New Scientist*, July 6, 2011.
Perrin, W. F., Würsig, B., and Thewissen, J. G. M., eds. *Encyclopedia of Marine Mammals*. Academic Press, 2002.
Pimentel, D., et al. "Environmental and Economic Costs of Soil Erosion and Conservation Benefits." *Science* 267, no. 5201 (1995): 1117-23.
Rocha, Robert C., Clapham, Phillip J., and Ivashchenko, Yulia V. "Emptying the Oceans: A Summary of Industrial Whaling Catches in the 20th Century." *Marine Fisheries Review* 76, no. 4 (2014): 37-48.
Whitman, Walt. *Leaves of Grass*. Dover, 2007.（ウォルト・ホイットマン『草の葉』）

スペイン

Adam, David. "Can Unburied Corpses Spread Disease?" *Guardian*, January 6, 2005.
Estrin, Daniel. "Berlin's Graveyards Are Being Converted for Use by the Living." *The World*, PRI, August 8, 2016.
Kokayeff, Nina. "Dying to Be Discovered: Miasma vs. Germ Theory." *ESSAI* 10, article 24 (2012).
Marsh, Tanya. "Home Funerals, Rent-Seeking, and Religious Liberty." *Huffington Post*, February 22, 2016.
Rahman, Rema. "Who, What, Why: What Are the Burial Customs in Islam?" BBC News, October 25, 2011.

日本

Ashton, John, and Whyte, Tom. *The Quest for Paradise*. HarperCollins, 2001.
Bernstein, Andrew. *Modern Passings: Death Rites, Politics, and Social Change in Imperial Japan*. University of Hawaii Press, 2006.
Brodesser-Akner, Taffy. "Marie Kondo and the Ruthless War on Stuff." *New York Times Magazine*, July 6, 2016.
"Family of Dead '111-Year-Old' Man Told Police He Was a 'Human Vegetable.' " *Mainichi Shimbun*, July 30, 2010.
Iga, Mamoru. *The Thorn in the Chrysanthemum: Suicide and Economic Success in Modern Japan*. University of California Press, 1986.
Kenshiro, Ohara. *Nihon no Jisatsu*. Seishin Shobo, 1965.
Lloyd Parry, Richard. *People Who Eat Darkness: The True Story of a Young Woman Who Vanished from the Streets of Tokyo—and the Evil That Swallowed Her Up*. Farrar, Straus & Giroux, 2011.（リチャード・ロイド・パリー『黒い迷宮 ルーシー・ブラックマン事件15年目の真実』濱野大道訳　早川書房）
Lynn, Marri. "Thomas Willson's Metropolitan Sepulchre." *Wonders and Marvels*, 2012.
Mochizuki, Takashi, and Pfanner, Eric. "In Japan, Dog Owners

Feel Abandoned as Sony Stops Supporting 'Aibo.' " *Wall Street Journal*, February 11, 2015.
Schlesinger, Jacob M., and Martin, Alexander. "Graying Japan Tries to Embrace the Golden Years." *Wall Street Journal*, November 29, 2015.
Stevens Curl, James. *The Egyptian Revival: Ancient Egypt as the Inspiration for Design Motifs in the West*. Routledge, 2013.
Suzuki, Hikaru. *The Price of Death: The Funeral Industry in Contemporary Japan*. Stanford University Press, 2002.
Venema, Vibeke. "How the Selfie Stick was Invented Twice." BBC World Service, April 19, 2015.

ボリビア

Dear, Paula. "The Rise of the 'Cholitas.' " BBC News, February 20, 2014.
Faure, Bernard. *The Power of Denial: Buddhism, Purity, and Gender*. Princeton University Press, 2003.
Fernández Juárez, Gerardo. "The Revolt of the 'Ñatitas': 'Ritual Empowerment' and Cycle of the Dead in La Paz, Bolivia." *Revista de Dialectología y Tradiciones Populares* 65, no. 1 (2010): 185-214.
Harper, Elizabeth. "The Neapolitan Cult of the Dead: A Profile for Virginia Commonwealth University." Virginia Commonwealth University's World Religions and Spirituality Project.
Nuwer, Rachel. "Meet the Celebrity Skulls of Bolivia's Fiesta de las Ñatitas." *Smithsonian*, November 17, 2015.
Scotto di Santolo, A., Evangelista, L., and Evangelista, A. "The Fontanelle Cemetery: Between Legend and Reality." Paper delivered at the Second International Symposium on Geotechnical Engineering for the Preservation of Monuments and Historic Sites, University of Naples Federico II.
Shahriari, Sara. "Cholitas Paceñas: Bolivia's Indigenous Women Flaunt Their Ethnic Pride." *Guardian*, April 22, 2015.
———. "Skulls and Souls: Bolivian Believers Look to the Spirit World." Al Jazeera, November 12, 2014.
Wilson, Liz. *Charming Cadavers: Horrific Figurations of the Feminine in Indian Buddhist Hagiographic Literature*. University of Chicago Press, 1996.

カリフォルニア

Desai, Sapur F. *History of the Bombay Parsi Punchayet, 1860-1960*. Trustees of the Parsi Punchayet Funds and Properties, 1977.
Moss, Marissa R. "Flashback: Gram Parsons Dies in the Desert." *Rolling Stone*, September 19, 2014.
Hannon, Elliot. "Vanishing Vultures a Grave Matter for India's Parsis." NPR, September 5, 2012.
Jacobi, Keith P. "Body Disposition in Cross-Cultural Context: Prehistoric and Modern Non-Western Societies." In *Handbook of Death and Dying*. Edited by Bryant, Clifton D.

SAGE Publications, 2003.
Kerr, Blake. *Sky Burial: An Eyewitness Account of China's Brutal Crackdown in Tibet*. Shambhala, 1997.
Khan, Uzra. "Waiting for Vultures." *Yale Globalist*, December 1, 2010.
Kreyenbroek, Philip G. *Living Zoroastrianism: Urban Parsis Speak about their Religion*. Routledge, 2001.
"The Strange Tale of Gram Parsons' Funeral in Joshua Tree." *DesertUSA*, September 14, 2015.
Subramanian, Meera. "India's Vanishing Vultures." *VQR* 87 (September 9, 2015).

おわりに

Hagerty, James R. "Funeral Industry Seeks Ways to Stay Relevant." *Wall Street Journal*, November 3, 2016.
Ruggeri, Amanda. "The Strange, Gruesome Truth about Plague Pits and the Tube." BBC, September 6, 2016.

そのほか

Jones, Barbara. *Design for Death*. Bobbs-Merrill, 1967.
Koudounaris, Paul. *Memento Mori: The Dead Among Us*. Thames & Hudson, 2015.
Metcalf, Peter, and Huntington, Richard. *Celebrations of Death: The Anthropology of Mortuary Ritual*. Cambridge University Press, 1991.（ピーター・メトカーフ／リチャード・ハンティントン『死の儀礼：葬送習俗の人類学的研究』池上良正ほか訳　未来社）
Murray, Sarah. *Making an Exit: From the Magnificent to the Macabre—How We Dignify the Dead*. Picador, 2012.（サラ・マレー『死者を弔うということ：世界の各地に葬送のかたちを訪ねる』椰野みさと訳　草思社）

訳者あとがき

アメリカでは、遺体のエンバーミングがごく一般的に行われている。エンバーミングとは、主に遺体の腐敗を防ぎ、長期の保存を可能にするための技術で、南北戦争時代に戦死者を故郷に移送する際に行われたのが技術発展と普及のきっかけだったとか。交通手段が発達した現代では、葬儀がすむまで遺体をきれいに保つ目的でも行われている。近年、日本でも処置件数が少しずつ増えてきているというから、どのようなものか、なんとなく聞き知っている人も多いのではないだろうか。

イギリス人ジャーナリストのジェシカ・ミットフォードは、*The American Way of Death*（『アメリカ式の死に方』一九六三年）のなかで、エンバーミングを「スプレーをかけられ、スライスされ、穴をうがたれ、薬液に漬けられ、手足を体に縛られ、刈りこまれ、クリームを塗りたくられ、蠟で固められ、色をつけられ、頬や唇を赤く染められ、こざっぱりとした服を着せられて――ありきたりの死体から〈心に焼きつけられた美しいイメージ〉へと流れ作業で作り替えられる」と描写した。エンバーミングの是非を問うたほか、葬儀料金が不相応に高く設定されている事実などを指摘して、アメリカにおける葬儀の商品化を批判的に書いたこの本は、葬儀社や、遺族が置いてけぼりの葬儀に対する人々の反感をあおった。またちょうど同じ年、それまでカトリックではタブーとされてきた火葬が許可されたことなどもあって、一九六〇年代なかばから簡素な火葬を選ぶ人が少しずつ増え始めた。

それから半世紀、華やかな葬儀やエンバーミングから家族の立ち会いまで一切合切を省いて火葬のみを行う超シンプルな〝直葬〟や、近親者だけでこぢんまりと静かに故人を見送る家族葬や密葬など、新しい形の葬儀も普及してきている。とはいえ、現在でもやはり、見栄えのする「エンバーミング＋葬儀＋土葬」が全体のおよそ半数を占めているという。

著者ケイトリン・ドーティは、火葬技師や葬儀ディレクターとして現場で働いてきた経験から、時間が限られるなかで遺族が葬儀社の勧めるプランのなかから選ばざるをえない現状に疑問を抱き、前著『煙が目にしみる：火葬場が教えてくれたこと』(国書刊行会)を二〇一五年に上梓した。

エンバーミングに代表される葬儀社の〝商品〟群は、本来決して美しいものではない死を無意味に美化しているのではないか。遺族やコミュニティの目から死をただ隠すだけの結果になってはいないか。それよりも、弔いの儀式を通じて死者ともっと身近に接し、死と正面から向き合ってこそ、愛する人の死を真に受け入れる心のプロセスが始まり、これから生きていくことになる新たな現実をより自然に受け入れられるようになるのではないか――というのが『煙が目にしみる』の骨格をなすメッセージだ。

本書『世界のすごいお葬式』は、このメッセージをぜひ頭の隅で意識しながら読んでもらえたらと思う。ケイトリンが世界各国を旅して見てきた〝すごいお葬式〟の数々がユーモアをまじえて紹介されているというだけではなく、『煙が目にしみる』での考察を踏み台として、そこからさらに一歩進めた内容になっているからだ。

インドネシアのスラウェシ島では、ミイラ化して保存されていた家族の遺骸を数年に一度、墓から取り出し、汚れをきれいに払って新しい服に着替えさせ、また墓に戻す。南米ボリビアには、人間の本物の頭蓋骨を自宅に祀って厄除け祈願をする人々が大勢いる。チベットでは、死体を鳥に食べさせて弔う。米ノースカロライナ州のある研究施設では、人間の死体を堆肥にする実験が始まっている。

どれもぞっとするような話、否定的な意味で〝すごい〟風習に思えるかもしれない。では、ミットフォードが書いたようなエンバーミングのプロセスはどうか。日本では、焼き上がったお骨を遺族が箸で拾い集める。私たちは当たり前のことと思っているけれど、ほかの文化の人々の目にはやはり不気味に映ることもあるだろう。本書の「はじめに」で著者が指摘しているように、「自分たちのやり方だけが正しく、〝ほかの人々〟のやり方はどれも敬意を欠いて野蛮であるという誤った信念を持ち続けているかぎり、改革はおろか、現在の葬送システムに疑問を抱くことさえできない」。

「問題を解決する第一歩は、死者のいる場所に足を運ぶこと、死者に寄り添って積極的に関わること」と著者は繰り返し主張する。死者との関わり方は、個々人の死生観や信仰する宗教、育った地域や環境などさまざまな要因に影響される、この上なくプライベートな問題の一つ。自分にとって何が最善かを決められるのは、自分一人だけだ。大規模災害を経て、日本人の死についての考え方が変わり始めていると言われるいま、この本が、読む人それぞれの死との向き合い方を考えるきっかけになればと願っている。

本書はノンフィクションです。
人物の一部を仮名とし、また一部のエピソードで事実を変更しました。

カバー・本文イラスト　徳丸ゆう
装幀　新潮社装幀室

著者

ケイトリン・ドーティ

1984年米ハワイ州オアフ島生まれ。ロサンゼルス在住。シカゴ大学で中世史を学び、卒業後、サンフランシスコの葬儀社に就職した。サイプレス・カレッジ葬儀学校にて「葬儀ディレクター」の資格を取得し、複数の葬儀社を経た後、土葬、火葬、直葬、自然葬など多様な、故人や遺族の希望に沿った葬儀を実現する葬儀会社「アンダーテイキングLA」を2015年に設立した。著書に『煙が目にしみる 火葬場が教えてくれたこと』がある。　著者自身のHP → http://www.caitlindoughty.com

訳者

池田真紀子《いけだ・まきこ》

1966年東京生まれ。上智大学卒業。主な訳書に、ディーヴァー「リンカーン・ライム」シリーズ、コーンウェル「検屍官」シリーズ、A.J.フィン『ウーマン・イン・ザ・ウィンドウ』、アーネスト・クライン『ゲームウォーズ』などがある。

世《せ》界《かい》のすごいお葬《そう》式《しき》

発行　2019年2月25日

著者
ケイトリン・ドーティ
訳者
池《いけ》田《だ》真《ま》紀《き》子《こ》
発行者
佐藤隆信
発行所
株式会社新潮社
〒162-8711 東京都新宿区矢来町71
電話 編集部 03-3266-5611
読者係 03-3266-5111
https://www.shinchosha.co.jp
印刷所
錦明印刷株式会社
製本所
株式会社大進堂

乱丁・落丁本は、ご面倒ですが小社読者係宛お送りください。
送料小社負担にてお取替えいたします。価格はカバーに表示してあります。

ISBN978-4-10-507091-5 C0098